KB240666

본격 버라이어티 편의점만화

와라! 편의점

Welcome to Convenience Store

Welcome to Convenience Store

와라! 편의점 ②

초판 1쇄	2009 / 8 / 15
개정 1쇄	2012 / 10 / 25

지은이	지강민		
발행인	김렴하	에디터	안지선
마케팅	박창석	경영지원	이창대
디자인	김숙연	인쇄	대일문화사
펴낸곳	㈜코리아하우스콘텐츠		
주소	경기도 파주시 교하읍 문발리 535-7 세종출판벤처타운 B05호		
구입문의	031-955-1057~8		
내용문의	031-955-1057~8	Fax	02-6455-1052
홈페이지	http://blog.naver.com/koha2008		
등록번호	제406-2010-000058호		

저작권	©지강민 · ㈜코리아하우스콘텐츠 · 2009

ISBN	978-89-93769-14-2 17810 978-89-961931-1-1 (세트)

이 책은 ㈜코리아하우스콘텐츠가 저작권자와의 계약에 따라 발행한 것이므로 책의 내용을 이용하려면 반드시 저작권자와 본사의 서면 허락을 받아야 합니다.

서명

*잘못된 책은 구입처에서 바꾸어 드립니다.

본격 버라이어티 편의점만화

Welcome to Convenience Store

2

글 · 그림 | 지강민

작가의 말

어느새 2권이 나왔습니다!

1권이 나온 지 얼마 안 된 것 같은데 벌써 또 책을 내게 되었네요. 처음 1권이 나왔을 때는 첫 번째 책이라 그런지 신기하고 그저 설레일 뿐이었는데, 이번 두 번째 책은 설레임보다는 책임감이 강하게 느껴지더군요. 그래서 제 책을 사주신 여러분들에게 충분한 만족감을 드릴 수 있도록 열심히 준비했습니다.

〈와라! 편의점〉은 인터넷이 되는 PC만 있다면 누구나 쉽게 감상할 수 있는 만화지만 〈와라! 편의점〉 단행본은 그렇지 않습니다. 정말로 제 만화를 사랑하고 아껴주시는 분들께서 구매해 주시는 것이기에, 이에 보답하고자 웹툰 연재 중에는 볼 수 없었던 주인공들의 사적인 이야기들을 추가했습니다.

그리고 본편 내용도 1권과는 다소 차이점이 있는데, 1권은 주로 제가 겪었던 경험담 위주로 이야기가 진행되었다면, 이번 2권은 여러분께서 직접 보내주신 소재 위주로 이야기가 진행되었습니다.

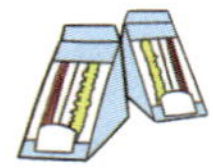

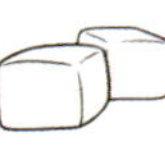

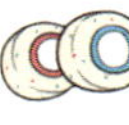
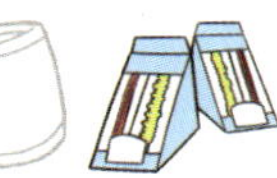
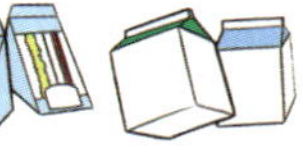

Welcome to Convenience Store

즉, 2권은 여러분들이 직접 겪으셨던 이야기들 위주로 구성되어 있습니다. 제 만화를 보면서 정말 많은 분들이 공감해주시며 자신의 이야기를 보내주셨고, 많은 분들의 성의를 계속 거절하기가 곤란해 아예 적극적으로 수용하며 함께 만들어 나갔습니다. 그 결과 초반에 비해 만화 분위기가 조금 달라진 감이 없지 않지만 대신 더욱 다양하고 재밌는 〈와라! 편의점〉이 될 수 있었던 것 같습니다.

'본격 버라이어티 편의점 만화'라는 타이틀에 걸맞게 앞으로 더욱 다양하고 재밌는 편의점 이야기들을 만들고 싶습니다.

저도 열심히 노력할 테니 여러분들도 많이 도와주실 거죠?

앞으로도 잘 부탁드립니다. 감사합니다.

2009. 8
지강민

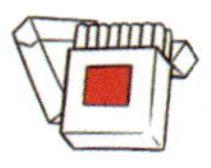

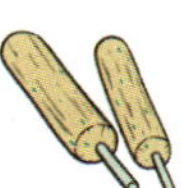

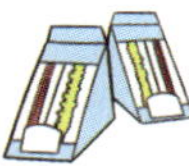

CONTENTS

PART. 1

와라! 편의점!

PART. 2

골라! 살물건!

CONTENTS

PART. 3
오라! 카운터!

PART. 4
내라! 물건값!

본격 버라이어티 편의점만화 와라! 편의점

PART. 1

와라! 편의점!

WARA CONVENIENCE STORE

001 응원송

싸구려 커피를 마신다아♪
미지근해 적잖이 속이 쓰~ 려온다♪

뭐 한 몇 달간 냉장고 구석에 처박혀 있는 삼각김밥 마냥 그냥 완전히 썩어가지고
이거는 뭐 감각이 없어

비가 내리는 새벽
손님이 없으면 카운터에
기댄 채 멍하니 그냥
가만히 있다 보면
이거는 뭔가
아니다 싶어

비가 그쳐도 희끄므레죽죽한 저게
손님이라고 불리우는 건지 저건 뭔가
귀신이라고 하기에도 뭔가
어찌 됐든 인사하려고
고개를 조금만 숙이니
카운터에 이마를 쿵! 하고
들이받아

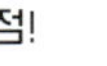

001

천장 위 CCTV는
테잎이 다돼 있으나 마나
내가 졸고 있을 때 들어와
있는 손님을 볼 때마다
어우!
깜짝 놀라

 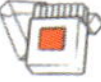  

이제는 카운터가 난지
내가 카운터인지도 몰라
눈을 뜨기도 전에 감기는
이런 상황은 뭔가

싸구려 커피를 마신다아♪
미지근해 적잖이 속이
쓰~ 려온다.♪
눅눅한 카운터 위에~
손바닥이 쩍하고 달라
붙었다가 떨어진다♪

 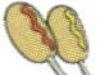  

001

ID	댓글
ggukj123	여러모로 편의점 야간 알바하면서 재밌게 보고 있습니다.
heya0421	서울병장 드셨나! ㄱ-ㅋㅋ
drosian86	재밌네요. 마침 듣고 있었는데… ㅋㅋ
eekroql	우와… 작가님 센스 진짜 죽인당 ㅋㅋ 잼나요! ㅋㅋ
wlgus9893	이 노래배경 장기하와 얼굴들의 싸구려 커피죠??
food_boy	유통기한 지난 우유 혹시 서울병장?
1869s	아 진짜 화이팅 ㅋㅋ 야간 알바
sodacats	장기하 버전으로 따라 부른 1人
eye0474	편의점 알바 한 적 없는데도 왜 가사가 와 닿는지^^; 화이팅 임니다요~.
shxornjs1	알바생들이 불쌍한 게 아니라. 돈 버는 게 모두다 힘든 거…
yeen93v	흐흐 난 이만화가 좋아서 서점에서 책샀음 짱재밌음.
ilovea5	은아, 혜연 선글라스 너무 뽀대나요~ !! ㅋㅋ 부럽+ㅁ+

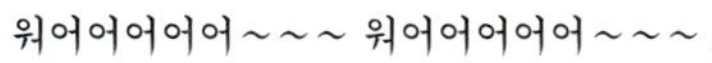

002 단골

딸랑딸랑
어서 오세요.
FriendMart
아,
춥다 추워.;;

자기야, 먼저 살 것
좀 고르고 있어.
왜?

나 문앞에서 담배 딱 한대만
피우고 들어올게.
뭐?

와라! 편의점

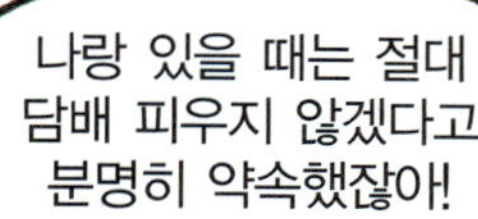
나랑 있을 때는 절대
담배 피우지 않겠다고
분명히 약속했잖아!

자기는 담배를 피워서 모르겠지만
나처럼 안 피는 사람은 냄새만
맡아도 짜증 난다구!

알았어. 자기야.
미안해. 안 필게;
앞으로 내 앞에서
또 그러기만 해봐?

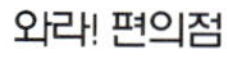

002

어라, 두 분
또 오셨네요!
아, 안녕하세요.

우리 둘 다 몰랐네.
신기하다. 하하….
그러게,
호호….
어디 보자…
여자분은…

 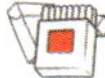  

눈치 없는 알바생 꼭 있다.

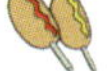

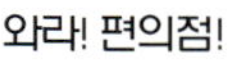

003 대결

네, 반갑

점장님! 곧 펼쳐질 빅매치! 바로 편의점 알바와 손님의 대결이죠?

오늘의 승자는 누구로 예상하십니까?

음… 내가 볼 때는
네, 말씀드리는 순간 대결이 시작되었습니다!
KO
99
HYEYEON
Mrs.UNKNOWN
ROUND 1

손님! 상품에 가격표가 붙어 있는데도 굳이 알바에게 가격을 물어보는 이유는 뭡니까!
KO
96
HYEYEON
Mrs.UNKNOWN
편의점 알바의 선제공격!!

003

그러는 넌 내가 물건
더 없냐고 물었더니
거기 있는 게
전부라고 했지?

그런데 나가고 나서
조금 있다가 그 물건
채우더라?

KO
89
HYEYEON
Mrs.UNKNOWN

네, 바로
손님의 반격이
이어집니다!

그러는 손님은
컵라면 하나 사면서
나무젓가락을
20개씩 가지고
갔죠?

맥주 살 때는 다른
맥주의 사은품을
몰래 끼워서
공짜로 챙기고!!

속옷 사서 2일 동안
잘 입고 다녔으면서
그걸 환불해 달라는
건 또 뭐미?!

KO
82
HYEYEON
Mrs.UNKNOWN

앗! 엄청난
3단 콤보공격
입니다!!

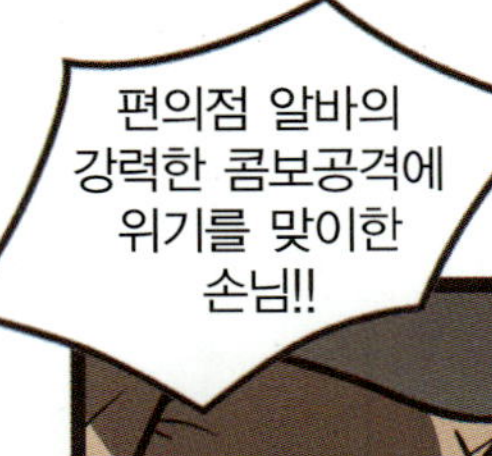
편의점 알바의 강력한 콤보공격에 위기를 맞이한 손님!!
손님은 과연 이 위기를 어떻게 극복할지 기대가 되는군요!

이대로 가다간 질지도 모르겠어. 필살기를 써야겠다!
기회는 단 한 번뿐!!

    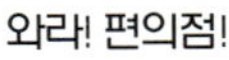

003

다 필요 없고
점장 나오라
그래!!

지금이다!!

앗, 손님의
필살기 작렬!!

ㅇㅇㅇㅇ….

치명타를 입은
편의점 알바,
과연 일어설 수
있을까요?

이러면 얘기가 달라진대요.

 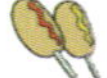  

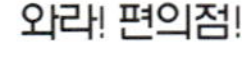

004 믿거나 말거나

여러분
안녕하십니까.
믿거나 말거나의
MC 김혜연입니다.

여러분… 만약에
500종류의 삼각김밥을
먹은 사람이 있다면…
무려 500종류!!
여러분들은
믿으시겠습니까?

와라! 편의점

여러분… 모 캐릭터
스티커가 들어 있는 빵이
엄청나게 유행한 적이
있었습니다.

모 인기 아이돌그룹
멤버도 그 스티커에
빠져있다며 인증까지 할
정도로 유행이었죠.

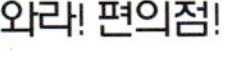

004

그런데 그 버려진 빵을
배가 고파서 주워 먹은
알바생이 있었다면…

여러분들은
믿으시겠습니까?

아,
자존심
상해…

이현우 님의 사연

여러분…
모 편의점에
도둑이 들어온 일이
있었습니다.

도둑을 발견한
알바생은 너무 당황한
나머지…

카운터에 있던
담배들을 도둑에게
던졌다면…

여러분들은
믿으시겠습니까?

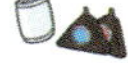

그런데,
그 담배에 맞고
도둑이 기절했다면…
여러분은
믿으시겠습니까?
시아 님의 사연
믿지 못하시겠다고요?
믿으세요….

여러분…
작가가 이런 식으로
날로 먹는 거에
재미가 들렸다면…
여러분들은
믿으시겠습니까?

005

가르침

어서 오세요!
딸랑딸랑
FriendMart
효연점
아, 짜증나… 어제도 진상손님이랑 싸웠어. 점장 나오라 그러고 아주 가관이었다니까.
혜연아, 진정해. 넌 뭐 하루 이틀도 아니잖아.

저기요, 스타킹이 어딨죠?
와… 이 편의점은 우리 편의점 2배는 되겠다. 무지 크네….

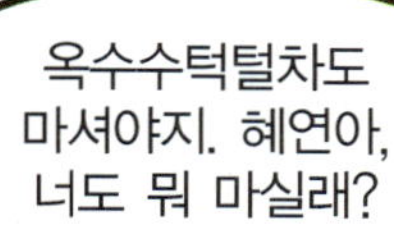
옥수수턱털차도
마셔야지. 혜연아,
너도 뭐 마실래?

난 18차.

5,000원입니다,
손님.
네, 여기요.

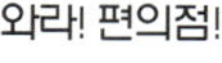

손님, 죄송한데요….
지금 포스기 상태가 안 좋은지
카드를 인식 못 하네요….;
삑삑
혹시 현금
없으신가요?

없는데요. 혜연아,
넌 있어?
아니.

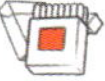

그럼 다른 방법은 없나요? 돈을 따로 찾아야 되나…;;
…….
제가 일한 지 얼마 안 돼서 저도 잘…;;

…일단 '객층' 키를 눌러보세요.
빅
네? 네.;;

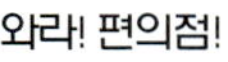

005

그 상태에서
카드번호 16자리 누르고
'입력' 키 누르세요.
새창이 뜨죠?
네.;;;
삑
유효기간 누르고
'입력' 키 눌러요.
아니, 그거 말고!
삑삑
네…;;
삑
손님에게 배우는 알바생 진짜 있다.

아, 진짜…!! 그게 아니래두!!
지금 나랑 해보자는 거야!?
야, 점장 나오라 그래!!
……
쾅

혜연도 밖에선 진상이었어요.

ㅇㅇㅇㅇ….

치명타를 입은 편의점 알바, 과연 일어설 수 있을까요?

…죄송합니다. 제가 잘못했습니다….

네, GG~~!!! 오늘이 대결은 손님의 승리로 끝이 납니다!

결코, 이길 수 없는 싸움, 알바 VS 손님

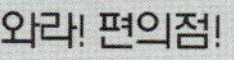

006 케이크

짜잔~!

이번에 성탄절을 겨냥해 본사에서 특별히 제작한 크리스마스 케이크입니다!

와… 이번엔 나름 괜찮네요!!

작년의 실패를 경험 삼아 올해는 신경 좀 썼죠. 하하.

올해는 케이크 주문을 하지 않겠네.

네? 점장님, 왜요?

작년에 본사 강요로 케이크를 10개나 주문했다가 단 한 개도 못 팔지 않았나.
본사에서 반품도 안 받아줘서 결국 그 손해를 내가 다 떠안았네.

난 올해만큼은 본사의 횡포에 당하지 않을 거네.
저기… 점장님 그러시면…

이번에는 5개 아니, 3개만이라도 주문해주세요. 그 정도는 부담 안 되시죠?
자네에게 하나만 묻겠네.

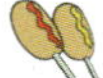

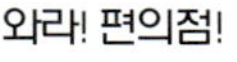

006

만약에 자네라면
성탄절 날 크라운재이꺼니.
파리밥개똥, 뚫어줄래 같은
유명제과점을 다 놔두고

굳이 편의점에서
케이크를 사겠나?

김테희가 파리밥개똥에서
기다리고 있는데도?
자네의
진심을
말해보게.
그는 설득당하고 말았어요.

올해 케이크가 좀 팔려야
내년에 미소녀시대 케이크도
나올 텐데….

!!

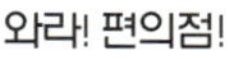

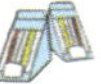

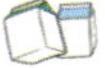

007 와라! 3단 합체 쎈놈

딸랑딸랑
하하 누님~!!
메리크리스마스!!
오늘도
아름다우십니다!

메리크리스마스…;;
어디서 많이
본 애들인데…
누구지?;;

이거
계산해주세요.
척
아, 네.

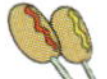

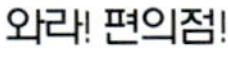

007

야!! 싸우려면
나가서 싸워!!
이 십송키들아!!!
우리 호구
건드리지
마!!
빡
편의점에서 싸우는 손님 꼭 있다.

아니면 나도
좀 끼워주던가….
자기도 이브 날 딱히 할 게 없대요.

     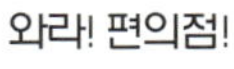

008

복수

야! 여기 콜라
어딨냐?

끄윽….

비틀

비틀

네, 저쪽 냉장고
맨 위 칸에 있어요.

ㅇㅋ.
알았어.

야! 없잖아!!
콜라 어딨냐구우!!

콜라
어딨냐니까!!

거기 맞아요.
바로 앞에
보이잖아요.;

우당탕탕
까악!!
쾅
쿵
아프잖아!
아까 애써 물건 정리 다한 건데!!

여기 콜라… 이거 하고 야, 스타킹 어딨어? 스타킹!!
스타킹은 저쪽 벽에….

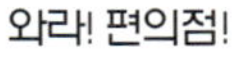

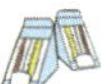

스타킹은
뭐 이리 멀리 있어!!
짜증 나게!
여긴 가게도
알바도 다 병맛이야!
병맛!! 짜증!! 아우!!
술에 취하니
무서운 게 없나
보구나;; 아놔.;;

짜증 나는데
뭔가 복수를 할…
응?

…….

어디 콜라샤워
한번 해봐라…
술이 확 깰 거다.
ㅋㅋㅋ
탁
탁
민준은 소심하게 복수를 했어요.

ㅋㅋ
탁탁탁
손님은 정말로 술이 확 깼어요.

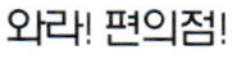

009 반성의 시간

어느덧 2008년
마지막 날이 왔네.

FriendMart

그래서 오늘은
지난 1년을 되돌아보는
반성의 시간을 한번
가져볼까 하네.

오늘 반성하는 내용은
일절 책임을 묻거나
화내지 않을 테니

솔직히
말해주길 바라네.

점장님
저는 사실, 모르고
청소년에게 담배나 술을
판 적이 몇 번 있어요.

죄송합니다….

괜찮네. 모르고 팔 수도 있지. 내년에는 조금만 더 신경 써주게.
네.

점장님 저는 사실, 친구들이 놀러 오면 사은품들을 공짜로 나눠준 적이 있어요.
죄송합니다….

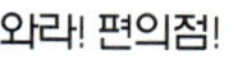

괜찮네. 어차피
비매품들 아닌가.
내년에는 내가 따로
남는 사은품들을 모아둘 테니
친구들이 놀러 오면 맘 편히
나눠주도록 하게.
네.

점장님, 저는 사실
삼각김밥이 폐기시간이
한 시간 정도 남으면
배가 고파서
미리 먹고 나중에
폐기 찍은 적이 몇 번
있어요. 죄송해요….

와라! 편의점

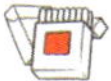

나도 사실 자네들이 지난 1년간 열심히 일을 해줬는데 그에 비해 너무 시급을 적게 준 것 같네.

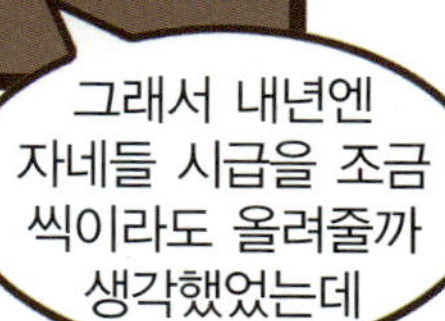

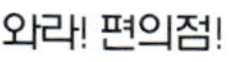

  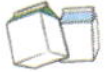 

그냥 없었던 일로
할까 하네.
점장은 뒤끝이 있었어요.

점장님, 저도 사실 며칠 전 말했던
미소녀시대 케이크는 뻥이었어요….
죄송해요….
…….
잠시 후 편의점엔 피바람이 불었어요.

…일단 '객층' 키를 눌러보세요.
삑
네? 네.;;
그 상태에서 카드번호 16자리 누르고 '입력' 키 누르세요. 새창이 뜨죠?
네.;;;
삑
유효기간 누르고 '입력' 키 눌러요. 아니, 그거 말고!
삑삑
네…;;
삑
손님에게 배우는 알바생 진짜 있다.

아, 진짜…!! 그게 아니래두!! 지금 나랑 해보자는 거야!? 야, 점장 나오라 그래!!
……
쾅
혜연도 밖에선 진상이었어요.

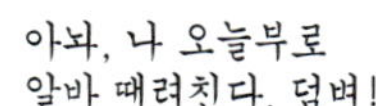
아놔, 나 오늘부로 알바 때려친다. 덤벼!

!!

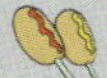

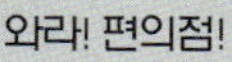

다행

일케… 일케… 씹는 거… 껌!!
떽!! 그런 거 흉내 내면 못써!!
짝
짝
탁탁

아빠 이건 뭐야? 핫… 개… 꿀물?
그건 꿀물이야. 꿀이 들어 있는 물이지.

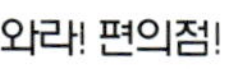

010

꿀물!! 맛있겠다!
아빠, 나 이거!!
그럼 이 과자
대신 그 꿀물로
산다?

둘 다 먹을래!!
둘 다 먹고
싶어!!
우
앵
…그래, 알았어;;
그것도 가져오렴.

와라! 편의점

이 과자랑 저 꿀물…
그리고 말보러 레드도
하나 주세요.
아빠 최고!!
네,
8,000원입니다.

오늘은 만 원짜리로
가져오길 정말
잘했네… 하하….
여기요.
쨍그랑

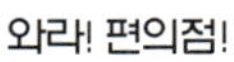

으아빠아아아!!!

우앵

아! 수연아,
괜찮아?!

정말 죄송합니다. 아이에게 병 제품을 들게 하면 안 되는 건데….
아니에요. 제가 치울 테니 유리조각 밟지 않게 조심하세요.

여기… 깨진 거랑 새 거 한 병 더 계산해주시고요.
네, 그러면 총 10,500원이니까 500원만 더 내시면 돼요.

010

…담배는 빼주세요.
만 원밖에 없어서….;;
그래도 아이가 안 다쳐서 다행이래요.

저기 학생,
혹시 담배 피우면
한 개비만
어떻게 좀….
……
그는 절실했어요.

와라! 편의점

만약에 자네라면
성탄절 날 크라운제이꺼니.
파리밥개똥, 뚫어줄래 같은
유명제과점을 다 놔두고

굳이 편의점에
케이크를 사겠나?

물론이죠.
편의점은 새벽에도
살 수가 있잖아요.

그리고
편의점 케이크도
나름 맛있구요.

김테희가 파리밥개똥에서
기다리고 있는데도?

자네의
진심을
말해 보게.

그는 설득당하고 말았어요.

올해 케이크가 좀 팔려야
내년에 미소녀시대 케이크도
나올 텐데….

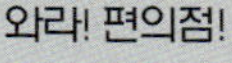

011 사자성어

떡밥간절 배가 고파서 굶어 죽게 된 지경
(≒餓死之境)

조낸갈등 깊이 생각하고 깊이 고찰함
(≒深思熟考)

준비오케 미리 준비가 있으면 걱정이 없음(=有備無患)

슬슬압박 아침이슬은 해가 뜨면 곧 사라지듯이 위기가 임박해있음(=危如朝露)

    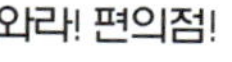    

대략난감 이러기도 어렵고 저러기도 어려운 매우 난처한 처지에 놓여있음(=進退兩難)

똥줄타기 불안하거나 걱정스러워 한군데에 오래 앉아 있지 못함(=坐不安席)

민준GG 스스로 자기를 포기하고 돌아보지 않음(=自暴自棄)

휴… 손님들도
다 보냈으니 즐거운
식사시간을 시작해볼까…!!

밥고고씽 고생 끝에 즐거움이 옴 (=苦盡甘來)

011

님지못미…

불쌍히 여기는 마음
(≒惻隱之心)

님캐안습 최악의 상태에 이르러 답이 없음(≒羅雀掘鼠)

점장님, 저도 사실 며칠 전 말했던
미소녀시대 케이크는 뻥이었어요….
죄송해요….

잠시 후 편의점엔 피바람이 불었어요,

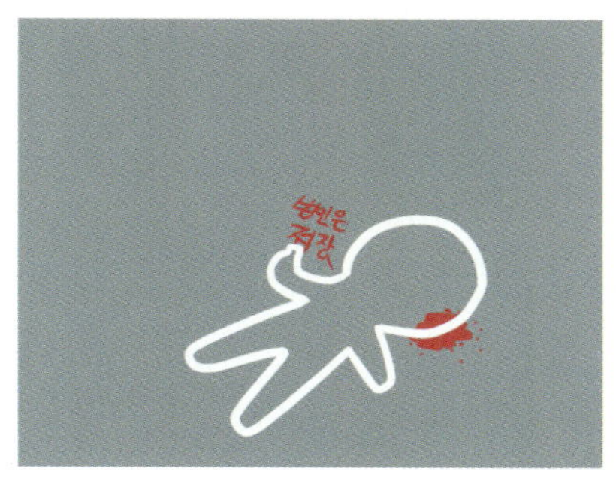

012 첫사랑

부끄러워 마시고
자, 여기 받으세요.
샤방

가… 감사합니다….
두근

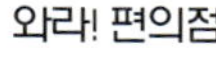

012

그렇게 소녀의 첫사랑은 시작되고…

눈치 빠른 알바생도 소녀를 응원해주었으나

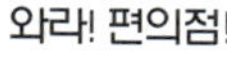

012

저도 여자인데요.
언니…;;

둘만의 착각이었어요.

gkdlvjs27	난 학교에서 선생님이 남자냐고 한 적 있는데. ㅠㅠ
dudal4681	저는 "잘되길~♡" 이라고 생각했는데!! +_+
ayj09	우와~ 진짜~ 남자인 줄 알았어요~.
one9605	…하긴 엄마가 아들한테 생리대를 사오라고 시킬 리가 없지.
gjwjqdl98	나도 머리랑 옷이 남자스타일이어서 오해를 받았는데….
man0586	헐… 나 상처받았어… 여자였다니….
rhkrwldls	〈와라! 편의점〉은 봐도 봐도 재밌네요.^^
dudtj0126	남자같이 생긴 여자의 슬픔을 아는 1人 ㅠㅠ
dbal6912	나도 순간 남잔 줄 알았는데… 낚인 건가!!
vldzmksj2569	나도 머리 저렇게 잘랐다가 오해받은 1人
gim3314	ㅋㅋ 우리 누나도 사람들이 남자로 아는데.
master5134	헉, 나도 저러는데… 앞으론 머리 좀 길러야겠다.
heeja0910	…나도 저런 남자친구 있으면 소원이 없겠다.

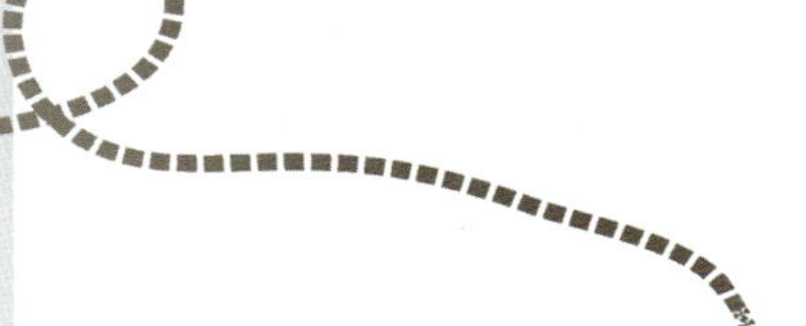

013

전화

딸랑딸랑
어서오세요.
FriendMart
응, 그래.
안녕~.

저기 내가 말야.
여기 점장님이랑
친한 동생이거든?
뭐 좀 하나
부탁하려고.
네?

와라! 편의점

지금 내가 현찰이 급히 필요한데 은행영업시간이 아니라고 카드가 안 되네?
아침에 은행 문 열면 바로 갖다줄 테니까 50만 원만 빌려줄래?

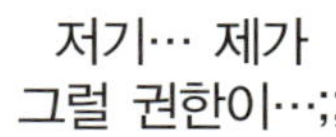

저기… 제가 그럴 권한이…;;
아, 그렇지 내가 점장님한테 전화할게. 잠깐만….
빡
빡

013

여보세요?
예, 형님 만수입니다.
늦은 시간에 전화드려서
죄송합니다.

아뇨, 다름이 아니라
잠깐 돈 좀 빌리려구요.
네. 네. 아침에
바로 드릴게요.

자, 받아봐.
점장님 전화야.

네.;;

난데, 계산대에서
돈 꺼내서 그 친구에게
빌려주게나.

네,
알았습니다….

그래,
그럼 수고하게.

……!
아, 점장님…!
응? 왜?

제가 헷갈려서 그러는데
미소녀시대 있잖아요?
개네가 몇 명이었죠?
미소녀시대?

허허… 자네도 참…
내 나이에 그런 걸
어떻게 알겠나.

아, 그렇군요….

사기꾼들, 딱 걸린 거다.

밥고고씽 고생 끝에 즐거움이 옴 (=苦盡甘來)

님지못미… 불쌍히 여기는 마음 (=惻隱之心)

님캐안습 최악의 상태에 이르러 답이 없음(=羅雀掘鼠)

내 책 샀음? 와라편 작가가 지인을 만날 때 처음 건네는 인사말(=厚顔無恥)

와라! 편의점 >>>
전격 大 해부 I

김혜연

- **나이**: 24세
- **생일**: 5월 6일
- **혈액형**: AB형
- **직업**: 모 전문대졸, 취업준비 중
- **신장**: 162cm
- **체중**: 52kg
- **특기**: 힘쓰기, 청소
- **취미**: 웹서핑, 인터넷 쇼핑, TV 보기
- **좋아하는 것**: 누워서 인터넷 하기, 돈, 잘 생긴 남자, 날 잡아서 방 청소하기
- **싫어하는 것**: 예쁜 여자, 잘난 척하는 것들, 여자 아이돌, 다이어트, 씻기, 공부, 운동
- **무서워하는 것**: 엄마
- **아끼는 것**: 첫사랑이 선물해 준 목걸이
- **갖고 싶은 것**: 애인
- **첫사랑**: 초등학교 4학년 때. 상대는 비밀
- **첫 키스**: 비밀
- **이성친구**: 현재 없음
- **가족관계**: 부모님, 1남 1녀 중 장녀
- **장래희망**: 딱히 정해놓은 것이 없음
- **좌우명**: 좋게 말할 때 잘하자

스킬 리스트

공파탄(9화)
혼신의 힘을 다해 공중으로 드롭킥!
주로 상대방의 얼굴을 노려서 데미지가 크다.
강력한 기술인 만큼 발동속도가 느리다.

페이스 킥(37화)
카운터를 디디며 날아 차기.
공파탄에 비해 파워는 약하지만 발동속도가 빠른 점이 장점.
단, 상대방 앞에 디딜만한 물체가 있어야만 발동된다.

돌진(39화)
상대방에게 돌진하여 상대방과의 거리를 급격히 줄인다.
도망가는 손님을 잡을 때 주로 사용한다.

파동권(57화)
전방으로 장풍을 날린다.
데미지는 아주 약하지만 장거리 공격이 가능하다.

백열 킥(57화)
빠르게 킥을 상대방에게 여러 차례 공격.
최고 3회까지 연속 데미지를 줄 수 있으나 하고 나면
체력이 급격히 저하된다.

회전회오리 슛(94화)
우유를 회전시켜 상대방에게 날려 공격.
선을 밟지 않도록 조심해야 한다.

과자신공(104화)
상대방의 공격을 과자로 되받아치는 반격기.
실수하면 손님에게 선빵을 날리게 된다.

작업낙서 1

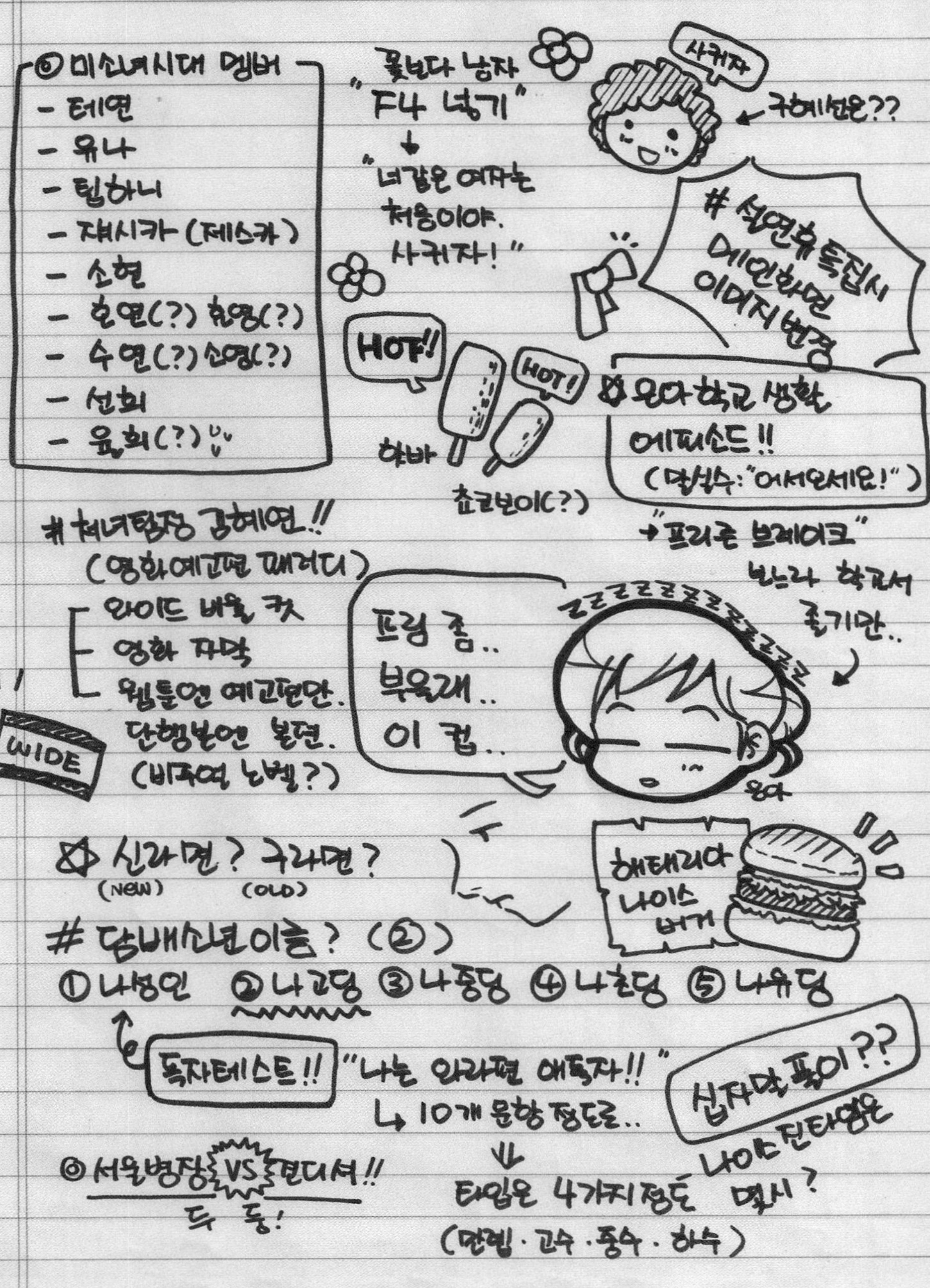

⑥ 미소녀시대 멤버
- 태연
- 유나
- 팀하니
- 재시카 (제스카)
- 소현
- 호연(?) 효영(?)
- 수연(?) 순영(?)
- 선희
- 윤희(?)
"꽃보다 남자" "F4 넘기"
"너같은 여자는 처음이야. 사귀자!"
사귀자
구혜선은??
설연휴 특집시 메인화면 이미지 변경
HOT!!
HOT!
핫바
쵸코보이(?)
요다 학교 생활 에피소드!!
(멍청수: "어서오세요!")
"프리즌 브레이크" 보느라 학교서 졸기만..
처녀탐정 공혜연!! (영화예고편 패러디)
와이드 비율 컷
영화 자막
웹툰엔 예고편만.
단행본엔 본편.
(비주얼 노벨?)
WIDE
프링 좀.. 부울래.. 이 컵..
요다
해태리아 나이스 버거
신라면? 구라면?
(NEW) (OLD)
담배소년 이름? (②)
① 나형민 ② 나고딩 ③ 나중딩 ④ 나초딩 ⑤ 나유딩
독자테스트!! "나는 와라편 애독자!!"
→ 10개 문항 정도로..
⇓
타입은 4가지 정도
(만렙 · 고수 · 중수 · 하수)
십자말풀이??
나이트 핀타엠은 몇시?
⑥ 서울병장 VS 된디셔!!
두 둥!

골라! 살물건!

WARA CONVENIENCE STORE

014 킬러와 소녀

어느 날 한 소녀가 날 찾아왔다.

세계최고의 킬러인 나에게 겁도 없이….

그때 내가 왜 그녀의 경호를 허락했는지 모르겠다.

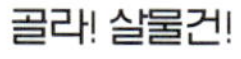    

어렸을 적부터 감정이 없어
몸과 마음이 회색이었던 나와는 달리

그녀는 늘 장밋빛으로 붉게 빛났기 때문이었을까….

빨간 장미를 좋아한다는 그녀….

그녀와 함께 지내면서 나는 어느새 그녀를
사랑하게 되었다.

이제 붉은색은 나에게 있어
더 이상 평범한 색이 아니다.

앞으로 내가 지켜주어야 하는

소중한 그녀의 색인 것이다.

그리고
앞으로 절대로 잊어서는 안 되는 색이기도 하다.

절대로….

    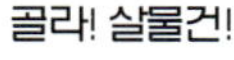

…그러니까

빨간색은 확실히
기억이 나는데…

어떤 담배였는지는
기억이 안 난다구요?

내가 뭘 폈었지?;;
말보러레드였나…

자기가 피우던 담배 기억 못 하는 손님
진짜 있다.

아니다, 돈힐레드였나…?

사지 마! 그냥!!
승질이 뻗쳐서 증말!!

제가 헷갈려서
그러는데
미소녀시대 있잖아요?
걔네가 몇 명이었죠?
미소녀시대?
허허… 자네도 참…
내 나이에 그런 걸
어떻게 알겠나.
아, 그렇군요….
사기꾼들, 딱 걸린거다.

내가 여기 CS24 점장님이랑
친하다니까요.
점장님 전화니까
받아봐요.

내가 CS24점장인데?

내가 여기 점장님이랑
친한 데 말야….

며칠 전에도
왔었잖아.
이 사기꾼아.

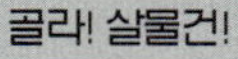

015 직업병

얘, 얘!! 어제
패밀리가 졌다 봤니?
정말 대박이었는데!

응, 물론이지~!
어제는 2박1일도
무지 재밌더라.
근데 은아 쟤는
요새 계속 잠만 자네.
뭔 일 있나?

은아야, 언제까지
잘 거야? 일어나~!
쿡
쿡
꿈틀
우엉… 깨,
깨우지 마아…!

와라! 편의점

너 요새 뭐 하느라
이렇게 헤매는 거니?
밤에… 미드 좀…
보느라고…

미드? 미국드라마?
어떤 거?
프림좀… 부을래…
이 컵…
아~! 석호필
나오는 거~!
나도 봤는데!

015

오냐, 어서 왔다.
아….;;;
은아도 수업 끝나면 교무실로
어서 오래요.

은아, 너 요새 왜 그래?
뭔 일이라도 있어?
정신 안 차릴래?

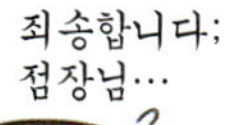

죄송합니다;;
점장님…

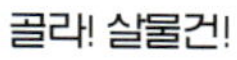
골라! 살물건!
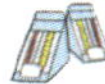

016

설연휴

점장님 저 이번
설연휴 때 시골집에
내려가야 해서 편의점에
못 나와요….
저도요….

어, 나돈데…;;;
그럼 우리 셋 다
설연휴 때 안 나오는
건가요?
…….

와라! 편의점

그게… 편의점은 24시간 연중무휴가 원칙이라서

내 맘대로 문을 닫고 쉬다가 걸리면 계약 위반으로 본사로부터 벌금이나 계약해지를 당하게 된다네.

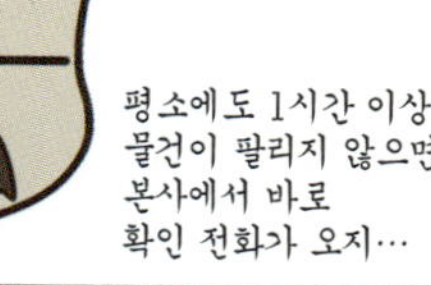

    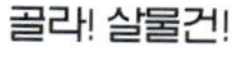

016

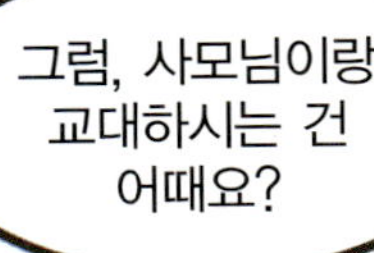

그럼, 사모님이랑 교대하시는 건 어때요?

가족들도 나 빼고 전부 시골집에 내려간다네.
인터넷에 설연휴 때만 일할 사람을 뽑는다고 올렸으니 걱정 말게나.

인터넷에 구인광고를 올려도 시골에 내려가는 사람들이 많아서 사람 구하기 쉽지 않을 텐데….

와라! 편의점

무려 72시간을 점장님 혼자서 쉬지 않고 일을 하셔야 한다니…
점장님 죄송해요. 이럴 때 힘이 되어 드리지 못해서…

제가 시골에서 올라오는 대로 바로 교대해 드릴게요!
제가 올 때까지만 버텨주세요!

제발 살아만 계세요…!! ㅠㅠ

점장님 그런데…

중얼거리시는 거 다 들려요.

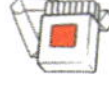

lyl0030	아 넘 웃겨요~ 항상 재밌게 보구 가요~. ㅋㅋ
song3216	난 설연휴 때 쉬지도 않았는데… 설날선물도 안 줬어… 아… 뭐야 ㅠㅠ
chldbrl112	난 뭐지 설연휴랑 설 때 점장님이랑 나랑 번갈아가며 알바한 난…??
gmlwn123123	점장님 밤마다 서러워서 우시는 건 아닐까…?
tjwn90	점장님 착하시다. 저런 점장 있을까?
dngnsxor	최강인데? ㅋㅋ 그 점장에 그 알바 ㅋㅋ
nyh1505	책 샀는데 〈와라! 편의점〉 미공개 넘 재밌어요. ^.^
rlaeh1210	편의점에서 설을 맞이한 편의점 야간알바생… 2人 ㅠㅠ
noori1677	ㅋㅋㅋㅋ 편의점 알바 해보고 싶어지는데? ㅋㅋ
nusher	ㅎㅎ 편의점에서 알바하던 때가 생각나서 잘 보고 있습니다.
hikami00	그들은 정말 신경 쓰지 않았어요. 에서 폭소한 1人

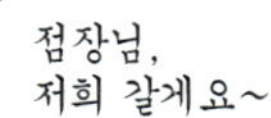

그들은 정말 신경 쓰지 않았어요.

017 당황스러웠던 순간

내가 있을
때는요,

손님이 앞에 있는데
자꾸 방귀가 나올 것만
같은 거예요.

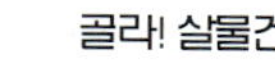

손님 안색이 변하는 거예요. ㅠㅠㅠㅠㅠㅠㅠ

ㅋㅋ 소리는 그렇다 쳐도 냄새는 어쩔… ㅋㅋㅋ

저는 아마도 밤 12시 쯤이었나…

한 여중딩이 당당하게 맥주를 들고와서 계산해달라고 만 원짜릴 내미는 거예요.

그래서 제가 그러면 안 된다고 주의를 줬죠.

그러자 그 아이는 저보고 치사하다고 화를 내면서

돈을 카운터에 던지고 맥주 들고 도망갔어요. ㅠㅠ

ㅋㅋ 아주 용감한데?

    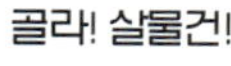    

017

진정한 용자가 탄생한 순간이었어요.

뒤끝의 제왕도 탄생하려는 듯…

은아, 너 요새 왜 그래?
뭔 일이라도 있어?
정신 안 차릴래?

죄송합니다;;
점장님…

인제 그만 교실로 가서
다음 수업 준비하도록 해.

네, 감사합니다.
또 오세요….

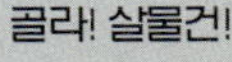

018

시비

너무 반짝반짝
눈이 부셔♪
노노노노노!

쿵짝

쿵짝

너무 깜짝깜짝
놀란 나는♪
오오오오오!

잘한다~!

신병이라 그런지
최신유행 곡도
잘 아는구나.

매일 상병,
간만에 너도
한 곡 불러봐라.

에이… 왜 그러십니까.
제가 지금 노래 부를
군번입니까?

그래서 싫다고?
내가 미쳤어♪
정말 미쳤어♪

ㅋㅋㅋ
잘들 논다.
?

싸구려들끼리
아주 잘 노는구나.
어울린다 어울려.
ㅋㅋㅋㅋㅋ
너는
견디셔!?

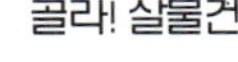

뭐? 싸구려?
너 지금 우리에게 시비 거는 거냐? 죽을려고?
ㅋㅋ 그렇다면 어쩔래? 내가 틀린 말 했냐?

저걸 그냥 확…!! 네가 아주 겁을 상실했구나?
ㅋㅋ 열 받으면 올라와라~ ㅋㅋ
같은 층에만 있었어도 찍소리도 못했을 놈이!!

ㅋㅋㅋㅋㅋ
난 팔려간다!!
잘 있어라!!
싸구려들아!!

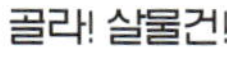

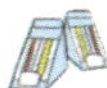

018

유통기한이
끝날 때까지
평생 바닥에서
살아라!!

이 싸구려
바닥인생들아!!
ㅋㅋㅋㅋㅋ!!!

꿀물 마신다고?
그래, 알았어.

?

이게 어디
있었더라?

에라, 모르겠다.
알바가 알아서 하겠지.
뭐.

슥

!!

본격 잔인무도 편의점만화.

와라! 편의점

…일단 안경부터 벗자.

……

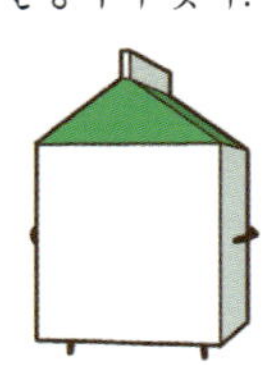

    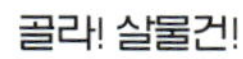

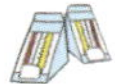   

019 그들이 원하는 것

어서오세요.
딸랑딸랑
FriendMart
태연점
여기가 서민들이 애용하고 있다는 편의점이란 곳인가?

내 방에 있는 화장실보다도 작군. 놀라워!
여기 알바가 제법 반반하군. 꼬셔 볼까?
샤방
샤방

……….
샤방
뭘 그리
놀래?
샤방
우리가
누군지 모른단
말야?

우리가 바로 심화고등학교
엄친아 4인조 U4라고!!

유… 육포?;;
어이, 네!

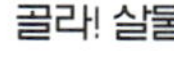

여기 와인 한 병 가져와 봐.

여긴 짱박혀 잘 데 좀 있나…♥

밸런타인데이 214년산으로.

그건 없는데요, 손님.

뭐라고? 그게 없어?

그럼 어서 오세요. 305년산은?

그것도 없어요.

설마 기계전사 109년산도 없는 건 아니겠지?

여긴 편의점이라 그런 고급술들은 안 팔아요.

아니, 뭐 이딴
가게가 다 있어?
쾅
여기가 서민가게라
그런가 봐.
대체 있는 게
뭐야? 있는 게
뭐냐고!!

죄송합니다.
손님; 대신 이거
어떠세요? 꽤 멀리서
수입한 건데…
뭔데?

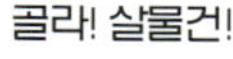

019

'개념' 이라고…
안드로메다산이죠.
뚜
둑
편의점은 백화점이 아니래요.

날 이렇게 만든 여자는
네가 처음이야.
나랑 사귀자!!
…….

와라! 편의점

제발 살아만
계세요…!!
ㅠㅠ
점장님
그런데…
중얼거리시는 거
다 들려요.
얼마 전에 크리스마스
케이크도 나눠줬는데…
중얼
중얼
오늘은
설연휴라고
설날선물도
주고…
모든 걸
다 주니까
떠난다는
그 알바…
점장님은 신경 쓰지 말라고 하셨어요.

점장님,
저희 갈게요~!
새해 복 많이
받으세요!!^0^
……
그들은 정말 신경 쓰지 않았어요.

힘을 내라고
말해줄래♪
♪
설연휴는 미소녀시대와 함께…

020 볶음김치

아, 배고파…

꼬르륵

손님도 뜸하니
슬슬 밥이나
먹어야겠다.

오~ 컵라면과
볶음김치! 자네 라면
먹을 줄 아는구만.

하하;
감사합니다.

스프도 다 넣었고!
이제 뜨거운 물만
부으면~!

딸랑딸랑

형! 문화상품권
만 원짜리 하나만
주세요.
네~!

감사합니다.
안녕히 가세요.
휴;; 라면에
물을 안 붓길
잘했다.

020

뭐야, 이거!?
난 먹지도 않았는데 볶음김치가 반이나 없어졌잖아!!

설마 옆의 손님이 먹은 건가? 아놔…!!
에이… 됐다. 이런 걸로 화내기도 좀 그렇고….

와라! 편의점

딸랑딸랑
여기 담배
한 갑만 주쇼!
난 한 보루!
난 짬뽕!
네, 네,
갑니다!

삑
2,500원입니다.
25,000원입니다.
삑
FriendMart
그럼,
수고해!
감사합니다.
안녕히 가세요.

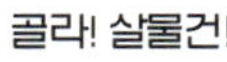

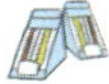

자, 그럼 맛있게
먹겠습니…

다….
남의 밥 탐내는 손님 진짜 있다.

아, 배고파… ㅜㅜㅜ
꼬르륵
국물은 안 먹고 면만 먹는 1人

021 만남

딸랑딸랑

어서오세요.

FriendMart

네, 과장님.
방금 막 거래처랑 미팅
끝났어요.

이제
퇴근하려구요.

네, 그럼 내일
회사에서 봬요~!

저기… 레존 1밀리
한 보루만 주세요.

네.

25,000원입니다.
여기요.

…….
저기 혹시….

대성초등학교
나오지 않으셨어요?
맞는데요…?

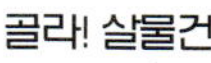

021

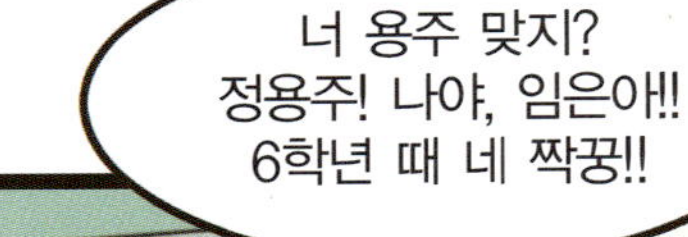
너 용주 맞지? 정용주! 나야, 임은아!! 6학년 때 네 짝꿍!!

은아? 그… 임막장 임은아!? 어머, 웬일이니!!

너 이 동네 살았어? 그럼 혹시 너도 나랑 같은 태양고?
아니, 옆 동네 살고 난 승리고 다녀.

와라! 편의점

암튼 반갑다, 얘!!
그러게, 이게 몇 년 만이야!!
꺄
아

…….
…….

젠장…
하필 널 여기서 만나다니…
그녀는 방금 산 담배를 환불해야 했어요.

그런데 임막장이라니, 내가???
몰랐냐? 그때, 네 별명이었잖아.
서서히 밝혀지는 은아의 과거….

와라! 편의점

설연휴 때
알바생들이
전부 못 나온다고
할 때였지…

뒤끝의 제왕도 탄생하려는 듯…

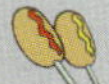

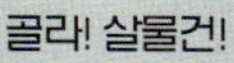

꿈

낮에 일하는 누나랑 근무시간을 바꿨다고?
헤헤… 간만에 밤에 쉬니까 정말 좋다.

응, 내일 하루만 내가 낮 근무야.
야, 잠깐 편의점에서 음료수 좀 사자.

riendMart
서현점
딸랑딸랑
안녕하세요~!

와라! 편의점

어? 여기
알바 잔다.
ZZZZ…
많이
피곤했나 봐.

저기요,
이것 좀
계산해주세요.

…이봐요.
이것 좀 계산해
달라구요;;

    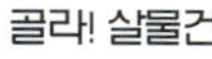

022

      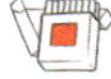  

휴… 꿈이었구나…
어쩐지… 분명 작년에 갔다 왔는데…;;

하아
하아
하아
남자들이 제일 싫어하는
꿈을 꾸었대요.

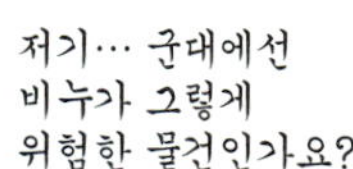
저기… 군대에선
비누가 그렇게
위험한 물건인가요?

네?

023 폐기 김밥

FriendMart
누나, 폐기시간 지난 삼각김밥 같은 거 남은 거 없나요?

폐기 김밥?
네, 우리가 컵라면 살 돈밖에 없어서요….

너무 배가 고픈데… 폐기 김밥 좀 주시면 안 되나요, 네?
배고파요. 누나….

와라! 편의점
 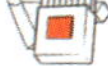  

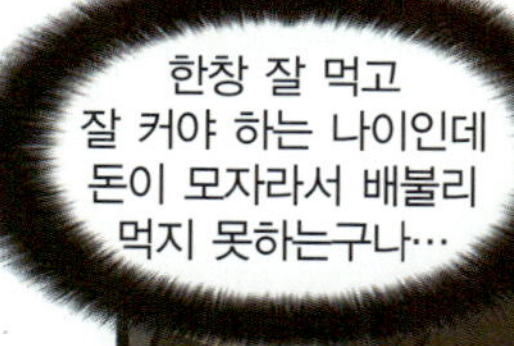
한창 잘 먹고 잘 커야 하는 나이인데 돈이 모자라서 배불리 먹지 못하는구나…
불쌍해라….

원래 이러면 안 되지만 이거 가져가서 먹어.
와! 감사합니다!!
다음에 또 배고프면 언제든지 누나한테 말해. 알았지?

다음날…

그 다음 날…

또 그 다음 날…

며칠 후…
얘들아, 이것 봐!
오늘은 정말 대박이야!!
이만큼이나 남았어!!
수
북

 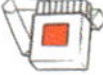  

아놔… 오늘도
소고기고추장임?
참치마요네즈 좀
미리 빼 놓으랬잖아요.
센스 없기는… ㅉㅉ
획
이래서 너무 잘해줘도 안된대요.

아저씨.
폐기 김밥 남은 것
좀 달라니까요?
…….
간만에 오랜 봉인이 풀릴 듯….

    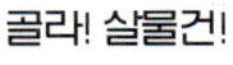    

024 잔돈

너 이거 전부 다
살 돈은 있어?
물론이죠!

짜잔~!!
집에 있는 동전을
모조리 긁어왔죠!
짤랑
짤랑

무슨 놈의 동전이
이렇게나!! 이거
언제 다 세지?
헤헤헤.

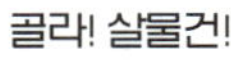

024

이봐, 라이터 하나 좀 줘봐.
아, 네!

안녕히 가세요.
…….
아가씨, 국제전화 카드 좀 주세요.
삑
네, 3만 원입니다.

이것들 다해서 전부 얼마죠?
삑
13,400원입니다.

와라! 편의점

대체 내 동전은 언제 세줄 거예요?!! 나도 집에 가야 한다구요!!
쿵

이게 진짜!!
빵

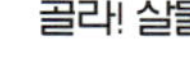

024

손님 많은 시간에 가져오니까 그렇지!
한가할 때 가져오면 좋잖아!
아, 그렇구나….
동전 많이 가져가실 때 참고하세요. ^^;

와라! 편의점

dlrjfm89	추억의 만화 길 화백의 꺼X이…ㅋㅋㅋ
ssyktotor	십몇 년 전에 보던 시리즈 만화 생각나네 재밌게 봤었는데.^^
rys0210	저런 동전만 가져 오는 사람 꼭 있더라. 50원이나 10원…
programmeryh	얼마만의 꺼벙이 그림체냐… 저런 그림체 개인적으로 넘 좋음. ㅋㅋ
dojin10	아, 꺼병이 그림체네… 반갑다….
kimcjswo1027	그림체가… 옛날에 보던 만화의 추억을 떠오르게 하는데?
soniccs	푸하하 대박 웃겨요. 칸 깨지는 연출까지 패러디 하다니…
haechan1125	〈와라! 편의점〉 뚱딴지 버전 만들기 캠페인 귀여워서…
jummoking	…추억의 만화 아무튼 그림체를 따라하시다니 욕심쟁이. ^^
se990703	꺼병이닷!! 추억이 새록새록 올라오네!
chaeryung96	정말 친근한 그림체… 킥킥 표현도 그렇고. ㅋㅋ

손님 많을 때만 아니라면
동전손님은 대환영입니다.

부끄러워하지 마시고
마음 편히 가져오세요~!

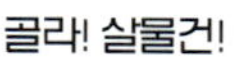

025 매대 청소

민준 군,
오늘은 매대 청소 좀
부탁하네.
FriendMart

그럼 수고하게.
네, 들어가세요.

보통은 누나가 하지만
가끔씩은 내가 매대 청소를
하는 것도 나쁘지 않지.
슥슥
시간도
잘 가고 말야.

와… 뭔 놈의 날파리 시체들이 이리도 많아?
평소엔 잘 안 보여서 몰랐네;

어? 우유가 왜 여깃어? 누가 또 엉뚱한 곳에 놔두고 갔나 보네.
이러다 못 찾으면 나중에 유통기한 지나서 팔지도 못하는데….

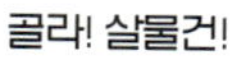

생리대들도 먼지가
잔뜩 쌓였구나.
깨끗함이 생명인
상품인데 더러우면
안 되니 닦아주자.
슥슥

뭐야, 저건 왜 포장이
뜯어져 있지?

어디 보자…
하나… 둘… 셋…
역시
포장을 뜯어서
몇 개만
훔쳐갔군….;;;

ㅋㅋㅋ 이왕 할 거
통째로 가져가지,
몇 개만 가져가냐?
일단 따로 빼놓고
점장님한테
말씀드려야겠다.
도둑님
좀 소심한 듯?

응?

025

꺄아악!!
자, 잠깐!
그녀는 묻지도 따지지도 않고
도망쳤어요.

언니, 어젯밤
알바오빠가
글쎄…!!
뭐!? 냄새를 맡으며
좋아하고 있었다고!?
오해는 오해를 낳고….

죄송합니다. 손님; 대신 이거 어떠세요? 꽤 멀리서 수입한 건데…
뭔데?
'개념' 이라고… 안드로메다산이죠.
뚜 둑
편의점"은 백화점이 아니래요.

날 이렇게 만든 여자는 네가 처음이야. 나랑 사귀자!!
…….

둘이 사귀는 거 우습고 유치해.
스
누가 사귄대!?

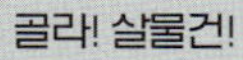

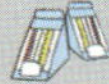

026

캔커피

그렇게 손으로
감싸고 있으면
무지 따뜻해.

와, 정말
따뜻하다!!

아, 좋다~♡

오빠, 그건 좀
추하다.;;

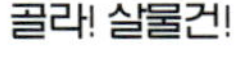

026

어? 캔커피를
왜 다시 집어넣어?
그거 안 사?
응. 안 마셔.

방금 우리가 발에도
막 비비고 그랬는데…
그래도 돼?
에이, 뭐 어때.
괜찮아.

오빠,
내가 볼 땐…

와라! 편의점
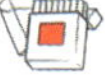

다시 가져오는 게
좋을 것 같아….
아, 글쎄,
괜찮다니까!
그녀는 어떻게든 남친을 살리고 싶었어요.

오빠만 믿으라구!
눈치 좀 채,
이 멍충아!!

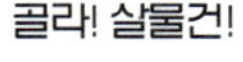

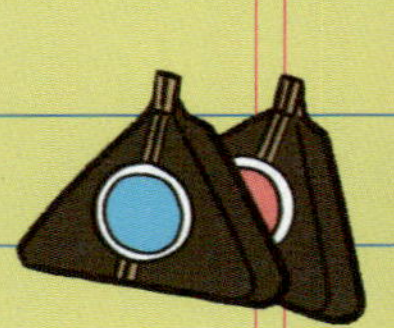

와라! 편의점 전격 大 해부 II

임은아

- **나이**: 17세
- **생일**: 8월 22일
- **혈액형**: O형
- **직업**: 학생.
  현재 모 고등학교 1학년 재학 중
- **신장**: 167cm
- **체중**: 55kg
- **특기**: 딱히 없음
- **취미**: 친구들과 수다 떨기 및 쇼핑 다니기,
  미니홈피 꾸미기
- **좋아하는 것**: 귀엽고 예쁜 것, 도토리, 메이커옷
- **싫어하는 것**: 벌레, 징그러운 것, 공포영화, 귀신, 수학
- **갖고 싶은 것**: 아이팟, 닌텐도DS, 최신 핸드폰, 메이커 옷
- **아끼는 것**: 핸드폰
- **첫사랑**: 중학교 1학년 때 교회 오빠
- **첫 키스**: 아직 못해봄
- **이성친구**: 현재 없음
- **가족관계**: 부모님, 1남 3녀 중 셋째
- **장래희망**: 의상 디자이너
- **좌우명**: 언제나 밝게 웃자

스킬 리스트

- **계산 잘못하기**(4화)
계산을 잘못해 손님에게 돈을 더 받는 기술. 짭짤한 부수입이 생기나 자주 쓰면 잘릴 수 있다.

- **커플 브레이킹**(56화)
말 한마디로 커플을 갈라놓을 수 있는 기술. 적을 만들 수 있는 기술이므로 사용 시 조심해야 한다.

- **임은아표 케이준통 베이컨 치즈 양념 반 프라이드 반 불고기 와퍼 컵라면 제작**(83화)
임은아만의 특별한 라면을 만든다. 맛은 괜찮으나 돈이 많이 드는 점이 단점.

- **랍스타 소환**(83화)
랍스타를 소환한다. 역시 돈이 많이 드는 단점이 있다.

- **손님 가두기**(84화)
은아의 가장 강력한 필살기로, 특정 손님을 편의점에 가두고 화장실에 갈 수 있다. 강력한 기술인만큼 잘릴 위험도 높으므로 주의.

작업 낙서 2

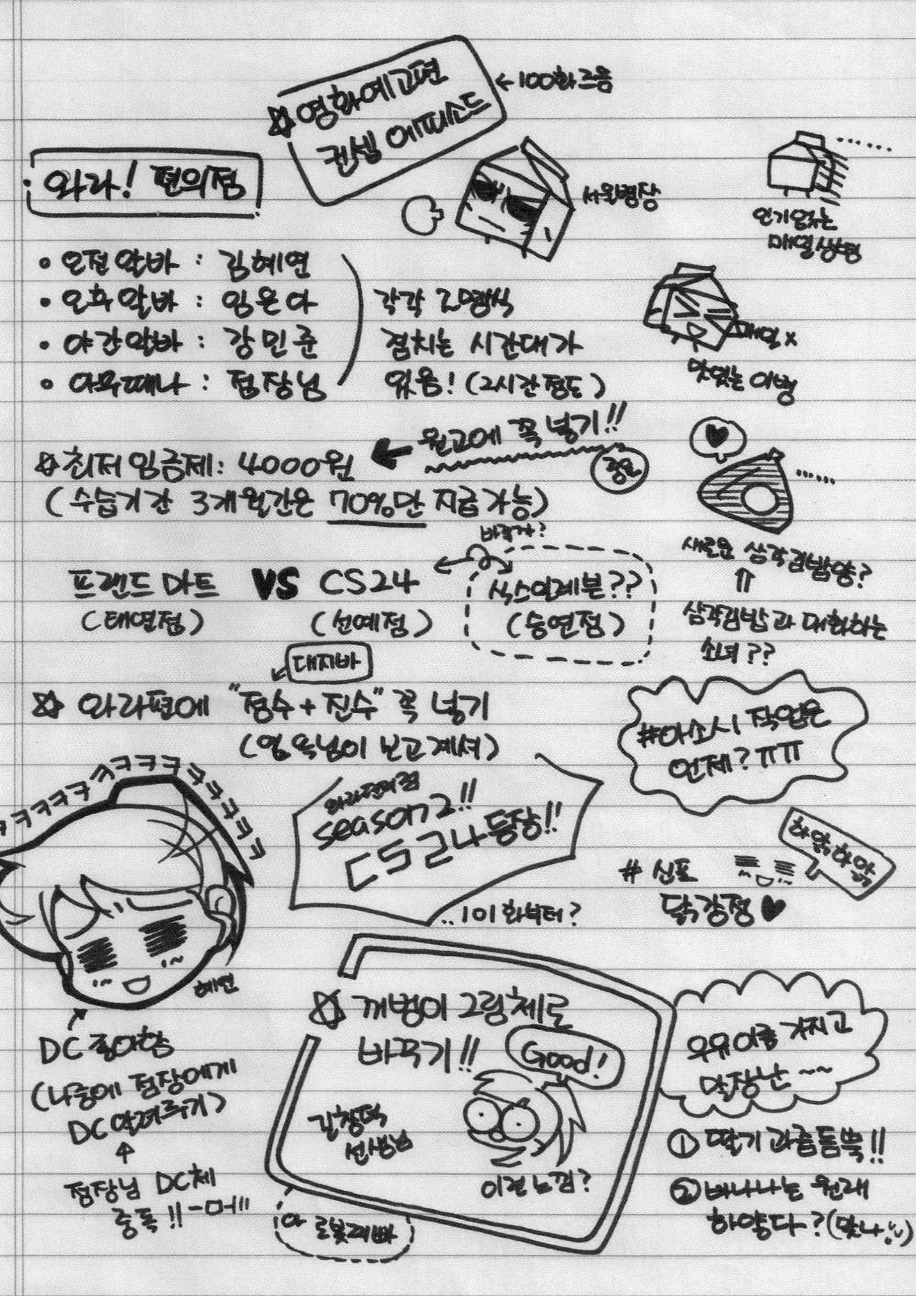

영화예고편 관심 에피소드
← 100화즈음
와라! 편의점
• 오전 알바 : 김혜연
• 오후 알바 : 임은아
• 야간 알바 : 강민준
• 아무때나 : 점장님
각각 2명씩 겹치는 시간대가 있음! (2시간 정도)
최저임금제: 4000원
(수습기간 3개월간은 70%만 지급가능)
← 원고에 꼭 넣기!!
프렌드 마트 (태연점) VS CS24 (선예점)
바꿀까?
사스어레븐?? (승연점)
새로운 삼각김밥양?
삼각김밥과 대화하는 소녀??
대지바
와라편에 "정수+진수" 꼭 넣기
(영옥님이 보고계셔)
#아소시 작업은 언제? ㅠㅠ
ㅋㅋㅋㅋㅋㅋㅋㅋㅋㅋ
와라편의점 season2!! CS24 등장!!
...101화부터?
신포 닭강정 ♥
하악하악
혜연
DC 좋아함
(나중에 점장에게 DC 얻어주기?)
점장님 DC체 중독!! -ㅁ-"
개벙이 그림체로 바꾸기!!
Good!
김창덕 선생님
이건 느낌?
아 로봇제빠
우유이름 가지고 말장난~~
① 딸기 과즙듬뿍!!
② 바나나는 원래 하얗다? (맞나;;)

오라! 카운터!

WARA CONVENIENCE STORE

027 컴백

어떠냐?
지난번의 굴욕을
되갚아 주기 위해
반년 간
더 씻지 않고
버텨왔다!!

점장님…;;
어떡하죠?
신고할까요?
…….

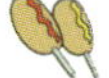

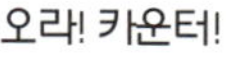

ㅋㅋㅋ
썩은 김밥이든
뭐든 가져와 보라구!!
난 자신
있으니까!

이걸 받게나.
응? 냄새가
안 나잖아?

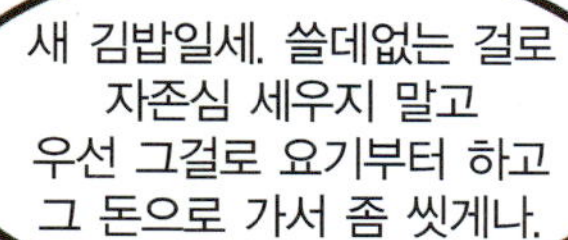
새 김밥일세. 쓸데없는 걸로
자존심 세우지 말고
우선 그걸로 요기부터 하고
그 돈으로 가서 좀 씻게나.

ㅋㅋㅋ 패배를
인정하는 거냐?

!!

아우 냄새!! 저리 안 꺼져?
좋아, 30일만 더
안 씻으면 반년이다!
아,
진짜…!
악!
이놈의
똥개가!!
저 냄새 나는 걸
잡아먹을 수도 없고
정말 미치겠네…

027

점장님…!!

……!!

샤워가
하고 싶었어요….

자기도 가려워서 미치겠대요.

……
……

젠장…

하필 널
여기서
만나다니…

그녀는 방금 산 담배를
환불해야 했어요.

그런데
임막장이라니,
내가???

몰랐냐? 그때,
네 별명이었잖아.

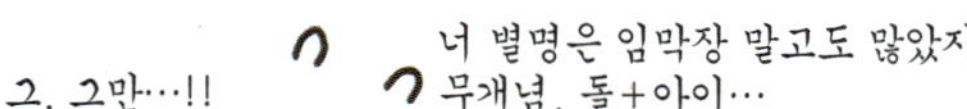

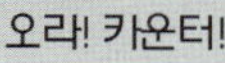

028 대파

손님 죄송한데
저희 가게에 그건
없는데요….;

뭐라구요?

    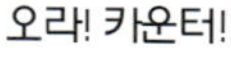    

아니, 그럼 왜요?
글쎄, 진짜 없다니까요.

아, 진짜! 정말 이러기예요?
오빠 바로 옆에 저렇게 떡 하니

와라! 편의점

* '데파주세요'는 '데워주세요'의 경상도 사투리

029 맛있는 컵라면 만들기

여러분, 매일매일 먹는
똑같은 컵라면,
이젠 질리시죠?

그래서 오늘은 제가
편의점에서 맛있는
컵라면을 만드는 법을
소개할까 합니다.

이름하여 임은아표
케이준통 베이컨치즈
양념 반 프라이드 반
불고기 와퍼
컵라면 만들기!!

*위의 이미지는 조리 예로 실제음식과 다를 수 있습니다.

*점포사정에 따라 날계란과 파를 판매하지 않는 점포도 있습니다.

잘 풀은 계란과 파를
컵라면에 부은 뒤
뜨거운 물을 붓습니다.
면을 4등분 해서
쪼개놓으면 계란이
잘 스며들어서 더욱
좋습니다.

그리고 여유가 되신다면
처남장사 소시지와
치즈도 넣어주세요.
맛과 향이 더욱
좋아집니다.

3분이 지나서 면이 다 익으면 드디어 요리가 완성됩니다!
여기에 삼각김밥까지 넣어서 말아 드시면 맛과 양, 둘 다 잡으실 수 있으니 참고하세요!

여러분, 어떠세요? 편의점에서 이렇게 맛있는 컵라면을 만들어 드실 수가 있답니다.
저기, 은아야….

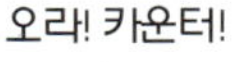

그럼 대신 맛있는 삼각김밥을
만드는 법을 소개할게요.
우선 랍스타를 준비합니다.

휴… 꿈이었구나…
어쩐지… 분명 작년에 갔다 왔는데…;;

하아
하아
하아

남자들이 제일 싫어하는
꿈을 꾸었대요.

저기… 군대에선
비누가 그렇게
위험한 물건인가요?

네?

요즘 군대는
절대 그런 것 없으니까
걱정 안 하셔도 돼요.

정말요?

민준은 안심했어요.

030

이상한 알바들

FriendMart
그동안 이 만화는 주로 이상한 손님들 이야기만 하던데

손님 입장에선 이상한 알바들도 많다구요.
우리 이야기도 한 번 들어볼래요?

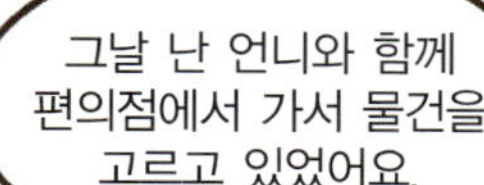
그날 난 언니와 함께 편의점에서 가서 물건을 고르고 있었어요.

와라! 편의점

그러다가 언니에게
물어볼게 있어서
언니를 불렀더니

"왜?" 라고
알바 언니가
대답했어요.ㅠㅠ
저런…
황당했겠다.

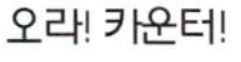

030

문을 잠그고 화장실에 가버린 거예요.;;;

무려 20분 동안
편의점 안에
갇혀 있었어요.
내가 있는지 몰랐대
저런… 많이
놀랐겠어요.

난 초코바를
먹으려고 찾았더니
안 보이는 거야.
그래서 알바한테
그것 좀 달라고
했어.

그러자 그 알바는
잠시 머뭇거리더니

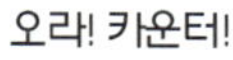

초코바 이름이 자유시간이었대요.

tjdakfh	자유시간 좀 주세요… 라고 말한 건가?
njinka	아… 대박이다 ㅋㅋ 미쳐, 자유시간 주세요~. ㅋㅋ
dndb1585	아아… 만화 잘 보고 있습니다. ㅎ
0wpql0	아하! "자유시간 좀 줘" 비켜달라는 뜻으로 알았군. ㅋㅅㅋ
sihon7119	저런 알바가 진짜 있나?? 우리 동네는 안 그렇던데…
hnwask	자유시간 ㅋㅋ 완전 웃기구먼.
qkrrud6758	〈와라! 편의점〉 정말 너무너무 재밌어요. ^^
sw_only	만화보고 뜨끔했다 ㅠ.ㅠ
k970914	퐙! 난 네이버 웹툰 중 이 만화가 제일 좋아~
vmfps7854	…손님이 자유시간 좀 달라고 …그래서 피한 거였구나.
wj123_	저도 편의점에서 알바하는데 이거 보다 보면 공감이 가요.
marinehr	편의점에서 손님에게 계산법 등 이것저것 물어보는 알바 경험한 1인

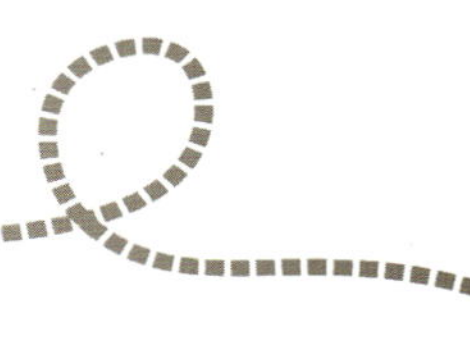

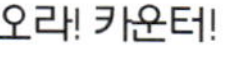

031

타이밍

이건 연성이가 입을 우리형 정장!

정장 입으니까 완전 직딩이잖아!

이건
연성이 사진으로
개조한 우리형
신분증.
개조한 티가 전혀
안 나네? 대단해!

그리고 연성아,
한마디만 해봐.
응.

담배 한 보루만
주세요.
와…! 목소리
진짜 굵어!!
ㅇㅋ~!

031

준비도 다 끝났고 이제
편의점에 가서 당당하게
담배만 사면 된다구!

그 어리바리한
알바 녀석
감쪽같이 속겠지?
ㅋㅋ
이렇게 완벽한데
지가 어떻게 알겠어?
ㅋㅋㅋ

맞아. ㅋㅋㅋ
…이것들 봐라?
이런 게 바로 나이스 타이밍.

앗, 휴지가 없다…
이어지는 안습의 타이밍….

라면이름

FriendMart
태연점
학생, 이것 좀 계산해줘.

600원입니다.
응?
삑

아니, 라면이름이 500냥 컵인데 600원이라니 이게 말이 돼?
그게… 가격이 올랐거든요…;;

와라! 편의점

뭐? 그럼 이름도 600냥 컵으로 바꿨어야지!
혹시 돈 더 받으려고 수 쓰는 거 아냐?

진짜예요;; 이렇게 바코드도 600원으로 찍히잖아요.
아냐, 못 믿겠어. 점장 좀 불러봐!

032

잠시만요…
점장님께
전화해볼게요.
어서 해봐.
삑
삑
예, 점장님
지금 손님이…
네, 네…
알았습니다….

점장님이 원래는 안 되지만
손님한테는 오늘만 500원에
드리겠대요.
진작 그럴 것이지.
500원 맞는 거지?

와라! 편의점
 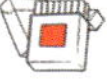  

아니, 이 라면은 나온 지가 언젠데 아직도 신(新)라면이야? 구(舊)라면 이라고 바꿔!!

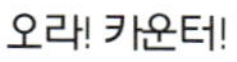

제보

오늘 안으로 고치러 온다니까 일단 이렇게 붙여놓게나.
네.
문 고장
옆문을
이용하세요.

사람들이 얼마나 열고 닫았으면 문이 다 고장 날까요?
그러게….

덜컹
덜컹

덜컹
문 좀 열어주세요!
안 열려요!!
덜컹
덜컹

장사 안 해요?
잠깐만 열어주세요!
저기… 그 문 말고
옆문으로 들어오세요.

033

아… 옆문은 열리네….

ㅋㅋ 오빠 바보 아냐?

이문은 고장이라고 써놓았었구나;; 이걸 왜 못 봤지;

ㅋㅋㅋㅋㅋㅋㅋ

아이고 배야; ㅋㅋㅋㅋ

!!

혹시 나이뻐에서 연재하는 웹툰 〈안가! 편의점〉 아세요?

그 만화 재미없던데…

네? 네….

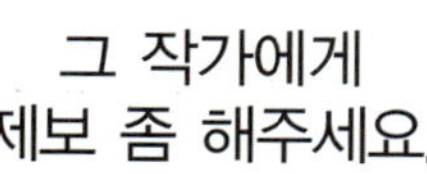

알바생에게 소재 제보하는 손님
진짜 있다.

제보가 아니라 협박이었어요.

    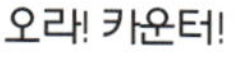

034

면도기

딸랑딸랑
어서 오세요.
안녕하세요!
FriendMart
저기… 면도기가 어디에 있죠?
저쪽에 가시면 있어요.

헐… 거의 다 2만 원대네.
그나마 싼 건 만 원짜리랑 700원짜리 딱 두 개뿐이구나.

만 원짜릴 살 바엔
차라리 돈 더 보태서
좋은 걸로
사고 말지.
일단 급한 대로
700원짜리로
사자.

이거
계산해주세요.
네.

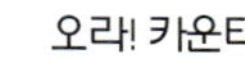

034

그거 말고 만 원짜리 면도기로 바꾸려고요. 700원짜리 너무 싸서 수염이 잘 안 밀릴 것 같아서요.
아~

걱정 마세요. 저도 써봤는데 700원짜리도 꽤 잘 밀리더라고요.
그래요? 그럼 그냥 700원짜리로 주세요.

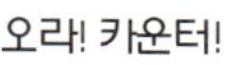

034

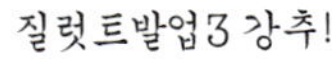

손님 많을 때만 아니라면 동전손님은 대환영입니다.

부끄러워하지 마시고 마음 편히 가져오세요~!

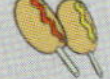

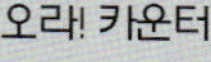

035

알바생고발

김혜연PD의 알바생 고발
독자 여러분 안녕하십니까. 알바생고발의 김혜연 PD입니다.

오늘은 한 편의점에서 벌어지고 있는 사기행각에 대해 집중취재를 해보도록 하겠습니다.
김혜연PD의 알바생 고발
지금 제 옆자리에는 해당 편의점의 점장님이 나오셨습니다.

안녕하십…
여러분, 스낵라면이라는 이름의 라면을 잘 알고 계실 겁니다.
김혜연PD의 알바생 고발

그런데 조사결과 이 스낵라면에는 스낵이 전혀 들어 있지 않은 걸로 밝혀졌습니다.
김혜연PD의 알바생 고발
아니 이것은 명백한 사기가 아닙니까?

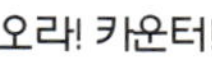

035

저기
그건…
문제점은 이뿐만이
아닙니다.
김혜연PD의
알바생 고발
코가클라라는
이름으로 판매 중인
이 탄산음료는

조사결과 아무리 마셔도
코가 커지지 않는 걸로
밝혀졌습니다.
김혜연PD의
알바생 고발
아주 갈수록
가관이군요.

아니, 그건 원래
이름이 코카콜…
임은아 박사님,
문제의 현장을
다녀오셨다구요.
네,
그렇습니다.

저는 모 편의점의
알바생 강모씨를
만나봤습니다.
"아저씨, 이 편의점에서는
어떤 물건이 가장 많이
팔리나요?"라고 묻자,
강모씨는 제게

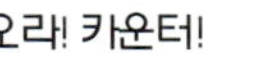

"이봐, 자네.
난 아저씨가 아니라
오빠라네."라며
작업을 걸었습니다.
김혜연PD의 알바생 고발
아니, 그건
작업이 아니라…;

시끄럽고, 가장 중요한
사항을 시정조치 내릴 테니
어서 받아적으세요.
알겠네….

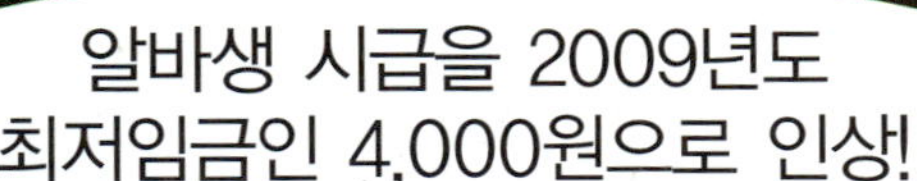

좋네, 시급을 올려주지.
대신 식대비는 없던 걸로…

036 십자 말풀이

짜잔~!

오늘 밤은
십자 말풀이
책과 함께 재밌게
보내는 거다!!

헤헤 재밌겠다.
어서 해봐야지.
우선 가로
1번부터…

연옥 님이 보고
계셔에서 연옥 님의
성은…?
…….

음…
잘 모르겠다.
그럼 세로
1번부터…

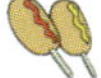

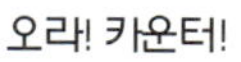

036

우월한 하루의
후속편은?
…우월한
한 달?
FriendMart
스타트레이닝의
주종족은?
…테란인가?
…….

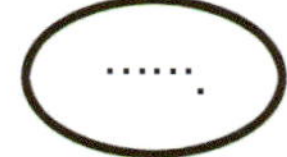
…….

…요

…저기요.

푸하하하하하하!

?

왜 웃어요? 내 얼굴에
뭐라도 묻었어요?
손님은 한참을 말없이 웃기만 했어요.

…〈와라! 편의점〉 작가가
좋아하는 음식은?
회 아냐?
날로 먹는 거
좋아하잖아.

037 증정용 음료수

혜연 양, 여기 있는
음료수들은 뭔가?
아, 그거요….

지금 삼각김밥을 사면
음료수를 무료로 주는
행사 중이잖아요?
근데 제가 깜박하고
못 드려서 남은 거예요.

손님은 행사에 대해 모르는 경우가 많을 텐데 그럴수록 자네가 잘 챙겨줘야지.
이러면 같은 값을 주고도 음료수를 못 받은 손님이 손해 아닌가.
네, 명심할게요.

또 깜박할 수 있으니 음료수를 아예 이렇게 카운터 옆에 놓고 손님이 삼각김밥을 살 때 바로 챙겨주도록 하게.
딸랑딸랑
네.

037

어서 오세요!

야, 미소녀시대 정말 짜증 나지 않냐?

맞아, 예쁘지도 않은 게 예쁜 척 쩔더라.

노래도 못 부르고 춤도 못 추던데 어째서 이렇게 인기가 많은 거야? 짜증 나게…

그러게 진짜 재수 없어.

…….

넌 무슨 맛으로 먹을래?

난 빵상마요네즈.

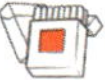

이 삼각김밥
계산해주시고
전자레인지에
데워주세요.
1,400원이네.
삑

그럼
수고하세요~!
딸랑딸랑
저기 점장님…

쟤네들 삼각김밥을
샀는데 왜 음료수를
안 챙겨주셨어요?

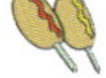

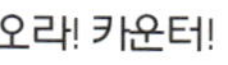

…깜박했네.
일부러 안 준건 절대 아니래요.

예쁘지 않다니…
예쁘기만 하구만.
Gee
일부러 안 준거 맞는 듯….

그 어리바리한 알바 녀석 감쪽같이 속겠지? ㅋㅋ

이렇게 완벽한데 지가 어떻게 알겠어? ㅋㅋㅋ

맞아, ㅋㅋㅋ

…이것들 봐라?

이런 게 바로 나이스 타이밍.

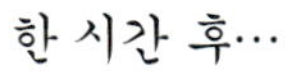

저기…
밖에 아무도 없나요…. ㅠㅠ;;;;

038

줄임말

빡
응?

은아야, 왜?
언니, 이것 좀 봐요.

방금 '참치마요네즈 주먹밥'을 찍었는데 포스기 화면에는 '참치마요'라고만 나오네요.
등 록
1 참치마요
받을금액 700
받은금액
거스름돈
아~

그게 아마 상품명이 표시되는 글자 수가 제한되어 있어서 줄여서 표시하느라 그럴 거야.
아, 그렇구나!

심심한데 다른 것도 찍어봐야지.
삑

'달콤한 불닭볶음 주먹밥' 은 '달콤불닭'…
그럼 이건…
삑

 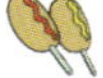   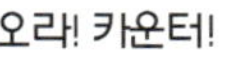    

038

'아내의 유혹 원두커피에 관한 민소히의 진실' 은 '원두진실' …

ㅋㅋㅋ 아주 간단히 줄여버리네.

인제 보니까 무조건 4글자로 줄이나 보다.

이것도 한 번 찍어봐.

네….

'고추장커리 주먹밥' 은 뭐라고 나와?

그, 그게…

…왜?

……
등 록
1
1 고추커
받을금액
받은금액
거스름돈
왜 이것만 3글자로 줄이셨나요…。

…축★전역?
등 록
1 축★전역
삑

039

음모론

난 이 편의점에서
일을 하면서 이곳에는
온갖 음모가 도사리고
있다는 것을 알아냈다.

예를 들면
손님이 들어왔다 나가면
바로 또 한 명이 들어온다.

그 한 명이 나가면
또 한 명이 들어온다.
쉬지 않고 들어온다.

이건 분명
날 쉬지 못하게
하려는 음모가
틀림이 없다…!

    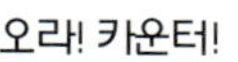

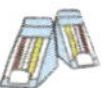   

또 어제는 우유가
많이 팔렸길래
오늘은 어제보다
더 많이 주문했더니

오늘은 안 팔려서
폐기가 넘쳐난다.

이건 분명
우리 편의점을
망하게 하려는
음모가 틀림없다…!

그리고
결정적으로

아무도 없는
새벽에 나 혼자서
바닥청소를 하고
있다 보면

오늘도 민준의 음모론은 계속된다….

은아도 물들었네요….

와라! 편의점 전격 大 해부 Ⅲ

강민준

- **나이**: 21세
- **생일**: 4월 11일
- **혈액형**: B형
- **직업**: 대학생.
  현재 모 대학교 1학년 휴학 중
- **신장**: 178cm
- **체중**: 70kg
- **특기**: 게임, 그림 그리기
- **취미**: 게임, 그림 그리기
- **좋아하는 것**: 게임, 만화책, 애니
- **싫어하는 것**: 공부
- **무서워하는 것**: 벌레
- **갖고 싶은 것**: 플스3, 최신 노트북
- **아끼는 것**: 노트북
- **첫사랑**: 초등학교 5학년 때 같은 반 친구
- **첫 키스**: 고등학교 2학년 때
- **이성친구**: 현재 없음
- **가족관계**: 부모님, 2형제 중 장남
- **장래희망**: 만화가
- **좌우명**: 꿈을 포기하지 말자

스킬 리스트

선물 받기(3화)
손님에게 다양한 선물을 받을 수 있다.
남자손님에게만 받을 수 있는 것이 단점.

수퍼사이아인모드(47화)
분노게이지가 가득 찼을 때 쓸 수 있는 기술.
발동 시 모든 공격의 데미지가 상승한다.

캔콜라 흔들기(62화)
특정 손님이 마실 콜라를 몰래 흔들어 콜라샤워를 당하게 만드는 기술.
강한 파괴력이 있지만 들킬 경우 엄한 오해를 살 수 있다.

작업 낙서 3

...
◎ 민준 키는 178cm
(180에서 약간 모자라게)
↑ 깔창 끼우면 "180."
민준
햄에그 샌드위치
샌드위치
사장과 친하다며 전화 연결
편의점 사기꾼 에피소드!!
작가의 말.. 오늘은 또 무슨 말을 쓰지..
본격 버라이어티 합작 만화!!
와라!! 3단합체 쎈놈
지강민 + 하영철 + 박용제
같은 공간 + 같은 사건 + 다른 시점
⇒ 같은 결말!!
☆ CS24 면접시 조석 등장??
(with 센세이션)
출연허락 받음
싸구려 커피를 마신다
by 장기하♪
먹거나 말거나 : 웃찾사
↑ 개그야도 하나 하면 좋을듯..
- 할매가 뿔났다? (닭돌기)
승리!
"브이화분"
☆ 대전게임 컨셉
아도겐!
어퍼겐!
요가파이어,
백열각
마데꾸 →♥
"You Win 뽕빠~~"
남기한 엘리트 만들기
OST ♫ "파닥파닥" ♪ by 메티
심장이 콰당콰당 콰당♫
☆ 은아 친구
절친 (단발머리)
라이벌(?)
...배고파 ㅠ.ㅠ
"I LIKE IT."
..."회"는 아니고
에헹
※ 편의점에서 가장 많이 팔린 단일 품목!!
"혹시 잔돈 교환용?"
ㅌ & "바나나맛 우유"

PART.4

내라! 물건값!

WARA CONVENIENCE STORE

100원

이것들
계산해줘.
네.
FriendMart

다해서
5,100원입니다.
그래?

일단 5,000원
먼저 받고…
슥
잠시만
기다려봐.

와라! 편의점
 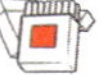  

분명 100원짜리가 있었던 것 같은데…
안 보이네….
뒤적
뒤적

아, 거… 빨리빨리 계산 좀 합시다.
당신이 여기 전세 냈어?

아가씨, 100원은 그냥 깎아주면 안 돼?
내가 지금 동전이 하나도 없어서 말야.
네?

 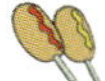   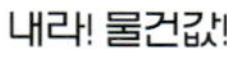

040

뒤에 손님들이 많이 기다리시니 100원은 제가 대신 내드릴게요.
대신 다음에 오면 꼭 주세요.

어머, 얼굴도 예쁜데 마음씨까지 곱네! 고마워요, 아가씨.
내가 다음에 올 때 100원 꼭 줄…

…게.
땡그랑
땡그랑
땡그랑
땡그랑
땡그랑
땡그랑
땡그랑

234

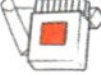

....
지금은 폭풍전야의 순간….

회전~ 회오리~!!
폭풍이 아니라 회오리였어요.

041 고마운 손님들

편의점에는 짜증 나는 손님들도 있지만 고마운 손님들도 있잖아요?
그래서 오늘은 고마운 손님들의 이야기를 해보죠.
그럼 혜연 누나부터…

난 손님이 술 2병을 가져와서는 비싸다고 1병만 계산해 달라는 거야.

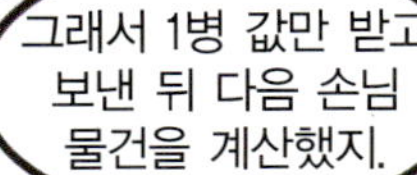

그래서 1병 값만 받고 보낸 뒤 다음 손님 물건을 계산했지.

와라! 편의점

난 할 수 없이 가져간 한 병 값을 내 돈으로 채워놓으려고 하는데….

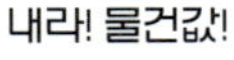

041

그래서 메모지를
읽어봤더니

피로회복제 2병 값
두고 간다면서 1병은
자기가 가져갈 테니

손님이 숙취 음료를 사면서 저더러 먹고 싶은 거 있으면 같이 사줄 테니 하나 고르라고 하는 거예요.

그래서 골랐더니
그거 사주면서 혹시 더 맛있는 거 먹고 싶으면

041

저나친 친절은 조심하자구요.

그리고 결정적으로
아무도 없는 새벽에 나 혼자서 바닥청소를 하고 있다 보면
이상하게 없던 발자국이 생겨나 있다.
이건 대체 누구의 음모일까?
오늘도 민준의 음모론은 계속된다….

오빠, 저도 평범한 고딩처럼 보이겠지만 사실은 귀엽고 깜찍한 고딩이에요.
아, 어쩐지…
은아도 물들었네요….

형, 저도 평범한 고등학생처럼 보이겠지만 사실은 성인…

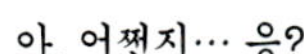
아, 어쩐지… 응?

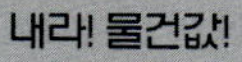

042 처녀탐정 김혜연

네이버웹툰 제공

FriendMart
태연

며칠 전부터 물건이 없어지고 있어요.
/ 뭐라고!?

평온했던 한 편의점에서 발생한
의문의 연쇄절도사건

어제 없어졌던 우유가 오늘 스낵코너에서
빈 껍데기만 남겨진 채 버려진 걸 손님이 발견했답니다.

시간이 지날수록 점점
대담해지는 범인의 범죄행각

점장의 의뢰를 받고 등장한
처녀탐정 김혜연.

지금까지 이렇게 치밀한 추리영화는 없었다.

무서울 정도로 현실적인 시나리오.

총 제작비 39,900원이 투입된
엄청난 스케일의 초대형 블록버스터.

〈와라! 편의점〉 지강민 감독과

042

<와라! 편의점> 김혜연 주연의

본격 버라이어티 추리영화.

본격 버라이어티 추리영화

처녀탐정 김혜연

김혜연, 점장님, 임은아, 강민준 | 〈와라! 편의점〉 지강민 감독

배급사 : 네이버웹툰 · 제작 : 지강민 · 감수 : 김준구 · 협찬 : 프렌드마트 태연점

변태작가 : 하일권　애인 구함 : 미티　마감포기 : 호랑　책도 샀는데 사인은 언제 : 팀 겟네임

상어덕후 : 억수 씨　고양이 예쁘더라 : 김명현　가람아 안녕 : 나유진　굽네사면 다이어리 준대 : 임인스

완결축하 : 박경배　살아는 있냐 : 박용제, 중용　환경미화지못미 : 신의철

http:://blog.naver.com/zardco.do

4월 26일 대개봉

엄청난 반전이
여러분들을 기다립니다.

    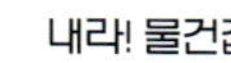

043 천원

안녕하세요!

안녕~ 꼬마야.

너 혼자
온 거야?
엄마는?

엄마는
밖에요.

엄마가
나 혼자 사오래요!
엄마가 돈도
줬어요!

그래?

나 이거!!
이거 살래요!!
그럼 누나에게
천 원만 주면 돼.

천… 원…?
응, 왜?

누나….
?

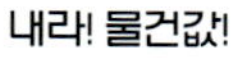

나 천 원 없어요.
엄마가 천 원
안 줬어요….
그래?;;
그럼 엄마가
얼마 줬는데?

그게…
백 원…
이백 원…

삼백 원…
사백 원…
오백 원…
육백 원…

와라! 편의점

와라! 편의점

구백 원… 십 백 원…
엄마가 십 백 원만
줬어요….
누나가 오늘은 특별히 십 백 원만 받으마….

며칠 후…

꼬마야, 오늘은 다해서
십오 백 원이란다.

천오백 원인데…
누난 어른인데
그것도 몰라요?

    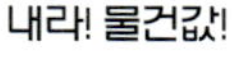

044 주문

여러분들은 편의점에서 가장 많이
팔리는 물건이 무엇인지 아십니까?

그렇습니다. 바로 담배죠.

담배는 편의점 매출의 절반 이상을 차지할 정도로

엄청나게 많이 팔리는데

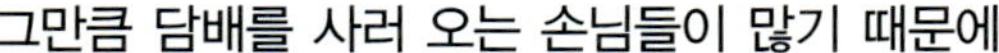
그만큼 담배를 사러 오는 손님들이 많기 때문에

담배를 주문하는 방식도 다양하다고 합니다.

손님들이 어떻게 주문을 하는지 한번 살펴볼까요?

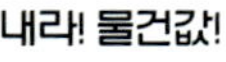

044

울라울라♪
울라울라♪
말보러
울트라 라이트 4갑?

줄임말형

흰색입니까….
흰색입니다….
박하향이
납니까….
납니다….

스무고개형

뭐였더라? 거 있잖소.
한밤중에 기운이
마구 솟아날 것
같은 거…
…펄펄나이트?

수수께끼형

늘 피던 걸로.
그게 뭔데…!!
단골이라는데 처음 보는형.

저기… 담배 피면
한 개비만 어떻게 좀…
왜 이래?
아마추어 같이
구걸형도 있대요.

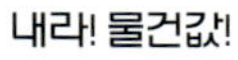

045 구조

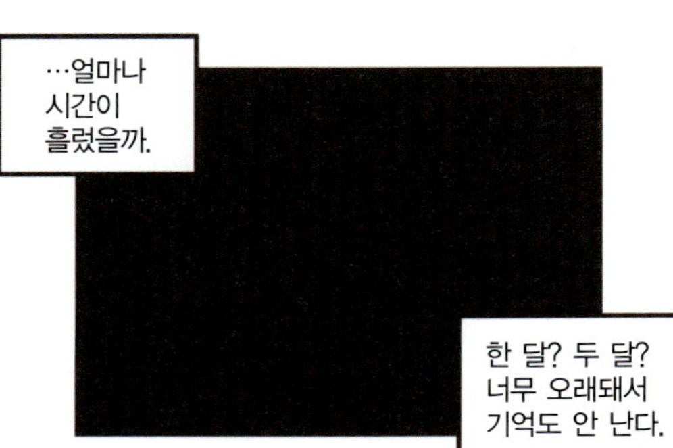

높은 곳에서 떨어져
의식을 잃은 후
정신을 차려보니
난 이곳에 있었다.

저 작은 틈으로
들어오는 빛을
제외하면 사방이
어둠뿐이었고

난 이곳을 빠져나가기
위해 많은 노력을
했으나 결국 수포로
돌아갔다.

난 이대로
끝나고 마는
것인가…

젠장,
이대로 끝나기는
억울해.
난 아직 젊다구…!

덜컹

앗, 틈이…
틈이
넓어졌어!

어라?
이 속에
뭔가 있어!

사, 사람이다!!

그래,
나 여 기있어!
나 여기
있다구!!

정말요?
세상에…!!

어두워서
잘 보이지가 않네.
손전등 좀 줘봐.

제발 날 여
기서 꺼내줘!
제발…!!

이런…
손이 닿지
않아.;

생각보다
깊은데….

안 돼…
포기하지 마!
날 포기하지
말아줘!

뭔가 도구가 필요해… 뭐 없을까?
그래, 이걸 이용하면 되겠다.
제발 살려줘… 흑흑…
끙… 좋아! 닿을 수 있어.
그래 힘내!! 조금만 더!!

닿았다! 어서 꺼내볼게!
오, 주여, 감사합니다.
이 은혜 절대 잊지 않겠습니다. 감사합니다…!

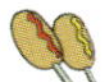

내라! 물건값!

045

은아야,
이것 봐봐!!

100원짜리야!!
매대 밑에 무지 많아!

와, 신난다!

이래서 가끔씩 매대 밑을 확인해야 한대요.

어머, 얼굴도 예쁜데
마음씨까지 곱네!
고마워요, 아가씨.

내가 다음에 올 때
100원 꼭 줄…

…게.

땡그랑 땡그랑 땡그랑 땡그랑 땡그랑 땡그랑 땡그랑

…….

지금은 폭풍전야의 순간….

 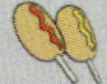   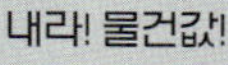

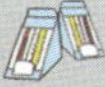   

046 드시면 안 돼요

그냥 여기서
맥주 캔 하나씩
마시고 집에 가자.

콜♥

안주도 있어야겠지?
과자 하나 사자.
콜♥

12,000원입니다.
여기요…
제 손에 든 게
만 원짜리 맞죠?

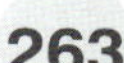

탁

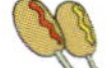

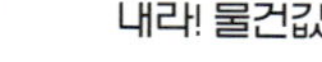

046

캬아…!! 좋다!
안주도 맛있네!

그게 아니라…

지금
드시는 거…

개 사료예요….

설마 그걸
먹을 줄은…

ELPO

어쩐지 조금 느끼하더라니….

화이트

딸랑딸랑
어서 오세요.
FriendMart
태연
안녕하세요.

여기 문구용품은 어느 쪽에 있죠?
저쪽이요.

감사합니다.
그래서 걔가 뭐랬는지 알아?

와라! 편의점

....

저기요,
화이트를 못 찾겠네요.
어디에 있나요?
화이트요?
지금 다 나가서
없을 거예요.

무슨 소리야.
나 좀 전에도 있는 거
봤는데.
그래?

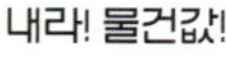

047

여기요. 언니도
날개형이죠?
…은아 친구답네요.

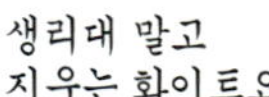
생리대 말고
지우는 화이트요.;;

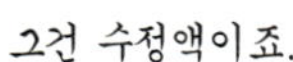
그건 수정액이죠.

화이트나 수정액이나.

와라! 편의점 >>> 전격 大 해부 Ⅳ

점장님

- **나이** : 45세
- **생일** : 12월 3일
- **혈액형** : A형
- **직업** : 프랜드마트 태연점 점장
- **신장** : 169cm
- **체중** : 81kg
- **특기** : 포커페이스
- **취미** : 딱히 없음
- **좋아하는 것** : 미소녀시대
- **싫어하는 것** : 딱히 없음
- **무서워하는 것** : 딱히 없음
- **갖고 싶은 것** : 미소녀시대 팁하니 친필 싸인
- **아끼는 것** : 소중한 가족들
- **첫사랑** : 기억이 안남
- **첫 키스** : 기억이 안남
- **이성친구** : 마누라 있음
- **가족관계** : 마누라, 아들 둘
- **장래희망** : 편안한 노후생활
- **좌우명** : 안 팔아

스킬 리스트

심각모드(5화)
자신의 이야기를 다른 사람의 이야기처럼 말할 수 있는 기술.

안 팔기(8화)
특정 손님에게 판매거부를 할 수 있는 기술. 단, 경우에 따라 경찰에게 끌려갈 수 있다.

자네만 믿네: 용기 10상승(19화)
버프기술로, 특정 알바의 용기를 10상승시켜준다.

양키고홈(19화)
버프기술로, 특정 서양인을 집으로 돌려보낸다.

봉인해제(36화)
오래된 삼각김밥을 꺼내 상대방을 공격한다. 상대방뿐만 아니라 아군에게도 피해를 줄 수 있다.

뒤끝모드(63화/71화)
특정 상대뿐 아니라 작가에게까지도 뒤끝을 느끼게 해줄 수 있는 기술. 자주 사용할 경우 출연빈도가 낮아질 수 있다.

작업 낙서 4

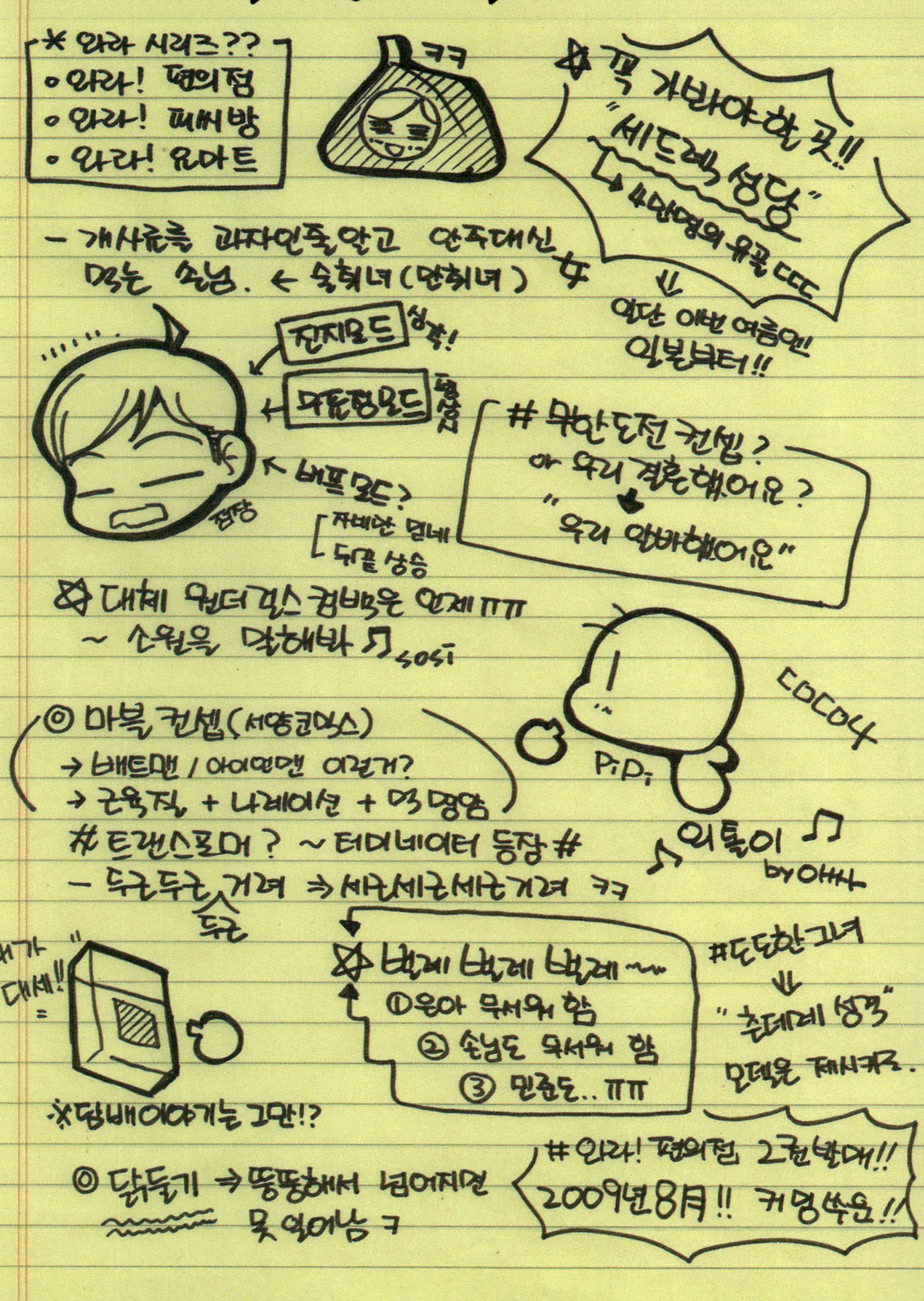
* 와라 시리즈??
◦ 와라! 편의점
◦ 와라! 피씨방
◦ 와라! 요마트
ㅋㅋ
☆ 꼭 가봐야 할 곳!!
"세드렉 성당"
↳ 4만명의 유골 ㄷㄷㄷ
⇓
일단 이번 여름엔!
일본부터!!
- 개사료를 과자인줄 알고 안주대신 먹는 손님. ← 승희녀(만취녀)
진지모드 설정!
무표정모드 설정
버프모드?
자비없는 멀네
뒤끝 상승
무한도전 컨셉?
→ 우리 결혼했어요?
"우리 알바해어요"
☆ 대체 원더걸스 컴백은 언제 ㅠㅠ
~ 소원을 말해봐 ♫ sosi
COCO4
PiPi
◎ 마블 컨셉 (서양코믹스)
→ 배트맨 / 아이언맨 이런거?
→ 근육질 + 나레이션 + 더 명암
트랜스포머? ~ 터미네이터 등장
- 두근두근 거려 ⇒ 세근세근세근 거려 ㅋㅋ
두근
외톨이 ♫
by 아싸
내가 대세!!
☆ 번개 번개 번개~~
① 육아 무서워 함
② 손님도 무서워 함
③ 민준도.. ㅠㅠ
도도한 그녀
⇓
"츤데레 성격"
모델은 제시카.
※ 담배이야기는 그만!?
◎ 닭둘기 ⇒ 뚱뚱해서 넘어지면 못 일어남 ㅋ
와라! 편의점 2권 발매!!
2009년 8月!! 커밍쑨!!

WARA CONVENIENCE STORE
WEBTOON COMIC BOOK VER. 2

미공개 에피소드

미공개 에피소드

01

이유가 뭘까?

대체 이유가 뭘까…?
↓폐기 음식
혜연은 그 이유가 궁금했어요.

언니 저도 그래요.
대체 이유가 뭘까요?
은아도 궁금하대요.

     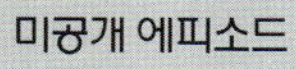 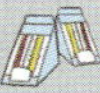   

비밀로 하자

짜잔~
논리팝폰 샀다~!
와, 예쁘다!
얼마 주고 샀어?

천원. 인터넷에
버스폰으로 떴기에
잽싸게 질렀지.

우와…
엄청 싸게 샀네!

얘들아! 얘들아!
나 논리팝폰 샀다!
은아야,
너도 인터넷에서
산 거야?

대리점 아저씨랑
좀 아는 사이라
10만 원이나 깎아줬어.
부럽지?

…….

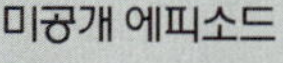

미공개 에피소드

03

민준과 그녀

단골손님 중
마음에 드는 손님이
생겼습니다.

나는 용기를 내어
말을 건넸고

그럴 때마다 그녀는
환한 웃음으로
대해주었죠.

그렇게 매일
대화를 하면서
한 달이 지나자

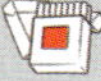

마치
연인 사이처럼
말이죠….
민준 오빠,
나 있잖아요….

남자친구 생겼어요!
축하해줘요!
으응;
축하해;;
…그래도 안 생겨요.

내 남자친구 사진.
귀엽지?
민준의 문제가 아닐지도….

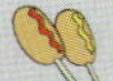

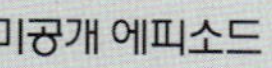

미공개 에피소드

04

브로마이드

아빠! 우리 오늘 굶네치킨 먹어요!

굶네치킨?

굶네치킨은 내 입맛에 안 맞아서 좀 그런데… 다른 데는 어때?

DDQ라던가…

안 돼요! 지금 굶네치킨을 시키면

미소녀시대 브로마이드를 준다구요!

여보세요? 굶네치킨이죠?

여기 굶네순살로 한 마리 보내주게나. 브로마이드는 누구로 보내주냐고?
아빠! 유나로 보내달라고 해요! 유나로!!

…팁하니로 부탁하네.
!!

다음에 시킬 땐 유나로 하마….
이런 아버지라 미안하대요.

…….
걔가 팁하니 아니었나요?;;
←유나
이런 배달원이라 미안하대요.

알람

알람이 소용없는 알바생 꼭 있다.

미공개 에피소드

06

수업시간

지금은 국어 시간이니까
국어책을 꺼내려무나….
네….
영어 시간에 잠들었었나 봐요.

국사 책 말고.

네;;;

미공개 에피소드

07

만화가

이 정도면 만화가
해도 되겠다.
안 그래도
제 꿈이 웹툰작…

아니다. 만화가까진
좀 힘들겠다.
요새 그림
잘 그리는 사람이
워낙 많으니….
민준은 상처받았어요.

에이, 농담이야. 농담~
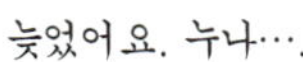
늦었어요. 누나….

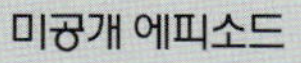

야동

댁의 아드님은
야동 같은 거
안 보신다고요?
만약 댁의 아드님
PMP에 비번이
걸려있다면…
100프롭니다.
…….

제 PMP는
왜요?
잠깐만 줘 봐.
비밀번호가
안 걸려있네?
그거 설정해두면
켤 때마다
귀찮잖아요.

와라! 편의점

테연이랑 진짜 똑같음.AVI
유나 닮은 일본녀.AVI
[노모] 편의점에서.AVI
…….

역시 우리 애는
아니었군….
PMP엔
미소녀시대
영상뿐이네….

점장님은 안심했대요.

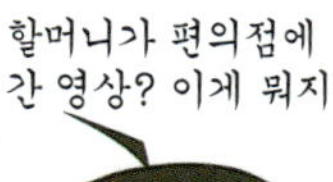
할머니가 편의점에
간 영상? 이게 뭐지?

!!

과연 나는 〈와라! 편의점〉에 대해 얼마나 잘 알고 있을까?

1 와라!편의점의 이야기 배경은? (   )

① CS24 ② 프렌드마트 ③ 민희스탑 ④ 식스일레븐

2 프랜드마트 지점명은? (   )

① 윤아점 ② 효연점 ③ 서현점 ④ 태연점

3 프랜드마트에서 가장 많이 팔리는 물건은? (   )

① 랍스타 ② 생리대 ③ 어서오세요 305년산 ④ 담배

4 점장이 제일 좋아하는 가수는? (   )

① 완다걸스 ② 미소녀시대 ③ 홍승표 ④ 미티

5 혜연의 필살기가 아닌 것은? (   )

① 아도겐 ② 백열킥 ③ 회전회오리숏 ④ 요가화이어

6 은아가 재밌게 본 미드는? (   )

① 슈퍼뇌출혈 ② 로스2 ③ 프림 좀 부을래 이 컵 ④ 에어포스 올백

7 민준이 절대 안 사는 물건은? (   )

① 비누 ② 샴푸 ③ 스킨 ④ 로션

8 담배소년의 진짜 이름은? (   )

① 나성인 ② 나고딩 ③ 나중딩 ④ 나초딩

와라! 편의점 독자 테스트 >>>

⑨ 와라!편의점 작가가 제일 좋아하는 음식은? (　　)

① 육회　② 참치회　③ 우럭회　④ 광어회

⑩ 이 책을 가지고 하면 안 되는 행위는? (　　)

① 라면받침으로 쓴다. ② 바퀴벌레를 잡는다. ③ 중고로 판다.

④ 라면받침으로 쓰다가 바퀴벌레를 잡은 뒤 중고로 판다

정답 〈와라! 편의점〉 독자테스트

1. ② 2. ④ 3. ④ 4. ② 5. ④
6. ③ 7. ① 8. ② 9. 전부 정답
10. 전부 정답

테스트 결과

[9개 이상] 만렙
당신이야말로 진정한 만렙독자!

[6개 ~ 8개] 고수
제법 많은 걸 알고 있군요!

[3개 ~ 5개] 중수
조금만 더 관심을 가져주세요.

[2개 미만] 하수
토닥토닥….